KB059041

After my sister enrolling in Girl Knights' School, I become a HERO.

우뉴!

은발 로리
백발 뱀파이어
숙적……?
우뉴코

뭐, 이런 일도 있을 것 같아서
수영복은 준비했어.

오, 오빠, 어때요—?

스즈하 오빠라면 괜찮지?
높으신 여왕님입니다
토코
난 믿음직한 파트너니까.
(자칭)
파트너 여기사
유즈리하

……주인님.

가요! 오빠.

암살자 전속 메이드

카나데

여동생 겸 여기사

스즈하

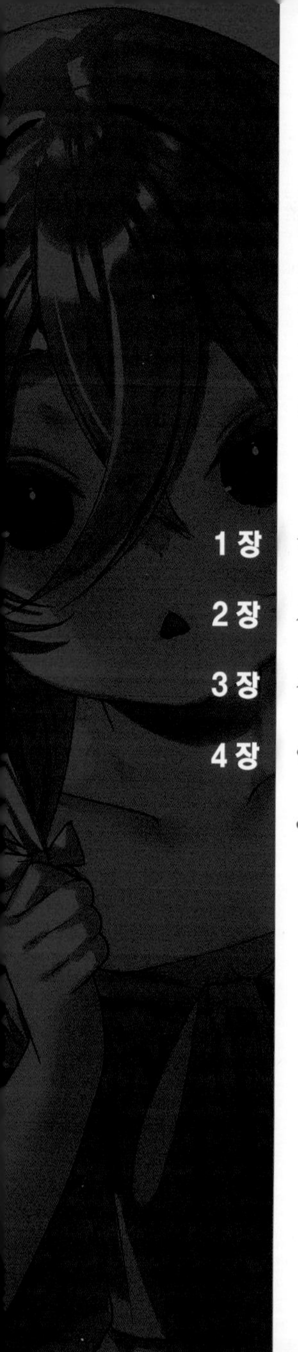

Contents

여동생이 여기사 학원에 입학했더니 어째선지 구국의 영웅이 되었습니다 내가. 3

After my sister enrolling in
Girl Knights'School, I become a HERO.

여동생이 여기사학원에 입학했더니 어째선지 구국의 영웅이 되었습니다.

나 내가.

After my sister enrolling in Girl Knights'School, I become a HERO.

3

1장 메이드의 골짜기

1

눈앞에 사체 잔해가 겹겹이 쌓이는 참상이 펼쳐지고 있었다.

로엔그린 성 식당에 설치된, 수십 명이 한 번에 식사를 할 수 있는 긴 테이블.

그 한구석에서 마지막 불꽃이 바로 지금 사그라지려 하고 있었다.

"……너, 너무 분해요……오빠……!"

툭.

스즈하의 머리가 마치 실이 끊어진 꼭두각시 인형처럼 테이블 위로 무너져 내렸다.

그 오른손에는 성게알 군함말이.

왼손에는 킹크랩 다리를 쥐고 있었다.

——그런 광경을 식당 구석에 설치된 밥상에서 바라보는 인영이 둘.

나와 토코 씨였다.

"오오?! 스즈하 오빠, 드디어 스즈하가 쓰러졌어!"

"그런 것 같네요. 그런데 토코 씨, 차 한잔 더 드릴까요?"

"고마워. 그럼 한잔 더 마실까?"

여왕인 토코 씨가 마시는 차는 원래라면 프로 메이드가 준비해야 했지만, 지금은 나밖에 없어 어쩔 수 없이 토코 씨가 참아주고 있었다.

익숙지 않은 손놀림으로 차를 타 건네자 토코 씨가 한 입 마시곤『휴우』한숨을 내쉬었다.

"평화롭다……."

"평화롭네요……."

테이블 위의 스즈하와 유즈리하 씨, 그리고 테이블 밑에서 몰래 집어먹고 있던 카나데와 우뉴코는 모두 장렬하게 전사.

나와 토코 씨가 진한 녹차를 마시고 있는 건 당연하게도 이유가 있었다.

왕도에서의 전승 퍼레이드로부터 한 달.

드디어 토코 씨가 이전에 했던『약속』을 지키게 되었다.

내가 현재 변경백 따위를 맡게 된 원흉의 대가.

말할 것도 없이 초밥 뷔페였다.

게다가.

"이쪽 사정으로 많이 늦었으니까. 초밥 이외의 음식도 준비해서 성의를 보여야지!"

토코 씨가 그렇게 말하며 함께 갖고 온 것이――산처럼 쌓인 게였다!

고급 게라면 우는 아이도 울음을 그친다는 질 좋은 식재

료의 최고봉.

반짝반짝 빛나는 초밥과 게를 본 우리가 가만히 있을 리 없었고.

"오빠……꿈은 아니죠……?!(꿀꺽)"

"이건……공작가에서도 이 정도 퀄리티의 재료는 좀처럼 보기 힘들어……!(꿀꺽)"

"이건 메이드로서……독이 들었는지 확인할 필요가 반드시 있어……!(꿀꺽)"

"우뉴……!(꿀꺽)"

토코 씨 앞에서 명목상이라 해도 변경백으로서 여왕님을 접대해야 하는 날 거들떠보지도 않는 네 사람은 군침을 삼키면서 충혈된 눈으로 음식을 바라보고 있었다.

그 이후 어떻게 됐는지는 말할 것까지도 없겠지──.

데리고 온 장인으로부터 보고를 받은 토코 씨가 쓴웃음을 지었다.

"우와, 갖고 온 재료도 마침 다 떨어졌대. 아무리 먹어도 절대 다 먹을 수 없을 양을 갖고 왔는데 설마 전부 다 먹어 치워 버릴 줄이야──."

"이거 정말 죄송합니다. 재료를 사느라 쓴 돈도 엄청나죠?"

"아니. 그 정도는 왕가 예산과 비교하면 별것 아니니까 신경 안 써도 돼. 응, 재료비는 말이지……."

"그렇습니까?"

이번에 토코 씨는 최고급 재료와 장인을 준비한 뒤 왕가 비장의 마도구로 변방인 로엔그린 성까지 전부 다 같이 옮겼다.

그런 마도구가 있다는 사실에 놀랐지만 듣자 하니 사용 조건이 굉장히 까다롭다고.

확실히 그렇겠지.

구체적인 조건은 모르지만 그런 걸 만약 서슴없이 사용할 수 있다면 유통이니 전쟁이니 하는 개념이 근본부터 뒤집혔을 것이다.

"스즈하 오빠도 초밥과 게, 충분히 즐겼어?"

"아, 네. ……물론이죠."

그렇게 답하는 내 표정은 살짝 굳어 있었다. 그도 그럴 것이.

나도 스즈하나 유즈리하 씨처럼 시간제한 없이 마구 먹을 수 있는 지구력 레이스에 참가해서 모든 것을 잊고 실컷 먹어치우고 싶었지만, 여왕인 토코 씨 앞이라 그럴 수도 없었다.

결과적으로 난 초밥과 게를 합계 30인분밖에 먹지 못했다.

스즈하나 유즈리하 씨가 최소한 100인분 이상 먹은 것과 비교하면 하늘과 땅 차이였다.

슬프지만 이게 귀족의 의무, 노블레스 오블리주라는 것이겠지. 아마.

——그렇게 생각하면 역시 평민이 더 낫다니까.

그런 생각에 빠져 있는데.

“그건 그렇고 스즈하 오빠에게 한 가지 의논할 게 있어.”

“뭔가요?”

토코 씨는 바쁜 몸이니 일부러 변방까지 찾아온 건 뭔가 다른 이유가 있을 거라고 예상은 하고 있었다.

음식만을 전해주기 위해서라면 굳이 바쁜 토코 씨가 올 필요가 없는걸.

“우뉴코랑 오리할콘 말인데.”

“네.”

“내 쪽에서도 알아보고 있지만 난항을 겪고 있어서.”

그 이후 토코 씨가 전해준 이야기에 따르면.

오리할콘에 관해서도, 우뉴코——즉 화이트 헤어드 뱀파이어에 관해서도 근세 문헌에는 정확한 기록이 없어 고대 문헌이나 전설까지 모조리 조사하고 있는 중이라 했다.

한쪽은 환상이라고까지 알려진 금속이고 또 한쪽은 목격한 자를 전부 죽인다는 악마였다. 제대로 된 정보가 없다 해도 어쩔 수 없었다.

물론 국내만으로는 한계가 있기 때문에 국외까지도 정보 수집의 범위를 넓히고 있다고. 거기서 문제가 발생했다고 한다.

“웬타스 공국처럼 우호적인 나라는 괜찮지만 개중에는 우리나라와 국교를 맺지 않은 나라도 있으니까.”

"네에."

"게다가 그런 폐쇄적인 나라일수록 옛날 정보라는 게 꽤 많이 남아있거든."

"과연."

"하지만 그런 나라에 어설프게 몰려갔다간 반대로 협박당하거나 인질로 붙잡힐 우려도 있고. 그렇다고 대군을 파견할 수도 없고. 그런 점에서 스즈하 오빠라면 안심이잖아? 스즈하 오빠라면 그런 식으로, 우리와는 다른 시점에서 조사할 수 있을 것 같은데."

"그런 일이었나요?"

확실히 나라면 원래 평민이니까 인질로 잡혀도 큰 돈벌이는 안 되겠지.

게다가 여차하면 서민들 속에 섞여서 도망치는 것도 자신 있었다.

왜냐하면 난 뼛속부터 서민이니까. 후후후.

"……스즈하 오빠가 무슨 생각을 하는지는 모르겠지만 그건 절대 아닐 거야."

"어째서요?!"

이유를 물었더니 그 의기양양한 얼굴이 모든 걸 말해주고 있다고 했다. 제길.

2

토코 씨가 왕도로 돌아가고 스즈하 일행이 겨우 부활해 일상으로 돌아갔을 무렵.

난 토코 씨에게 부탁받은 내용을 아야노 씨와 의논하고 있었다.

"각하께서 직접 조사를 하시겠다는 겁니까? 과연……."

생각에 빠진 아야노 씨는 현재 나의 영지에서 사무총장 같은 역할을 맡은 사람이었다.

외모는 잘 보면 반반하지만 화려함은 없는, 나처럼 이른바 엑스트라 얼굴을 한 남자.

하지만 그 알맹이는 로엔그린 변경백령의 사무를 혼자 떠맡은 아주 유능한 관료였다.

아직 아무에게도 말하지 않았지만 나로서는 이 은혜를 갚기 위해 언젠가 아야노 씨의 결혼 상대까지도 찾아주고 싶었다.

그래서 아야노 씨가 계속 이 영지에서 살아줬으면 좋겠는데.

그건 일단 됐고, 아야노 씨는 지금 내가 장기간 성을 비우는 것을 어떻게 판단할까.

"아야노 씨는 이 이야기 어떻게 생각해?"

"괜찮지 않을까요?"

"그렇게 생각해?"

"토코 여왕님의 제안은 합리적이고 시급하게 대처해야 할 사항이기도 하니까요. 게다가 각하의 능력을 최대한으로 활용하기 위해서는 이 성 안에서 사무 업무만 하게 놔둘 수 없다는 점에서도 동의합니다."

"확실히 나도 밖에서 산적 퇴치하는 게 더 마음 편해."

"각하께 산적 퇴치를 시켰다간 국제 문제가 될 것들까지 잡아버릴 것 같은데요……뭐, 그건 그렇고 변경백령 쪽은 어떻게든 될 겁니다."

"그건 다행이네."

일의 발단은 한 달 전, 왕도에서의 전승 퍼레이드가 있었을 때로 거슬러 올라간다.

그 전승 퍼레이드 후 승리 축하 파티에서 패배한 적의 영지를 나에게 모조리 억지로 떠넘긴 결과.

로엔그린 변경백령은 웬일인지 이전의 2배 이상으로 규모가 커지고 말았다.

그럼 나도 불평 한마디 정도는 늘어놓고 싶어지지.

"원래 보유한 영지만으로도 힘들었는데 왜 영토가 2배로 커진 건지 정말 수수께끼야."

내가 그렇게 말하자 아야노 씨가 어쩐지 멍청한 아이를 보는 듯한 시선을 보냈다.

"……그건 각하께서 혼자 백만의 병사를 섬멸했기 때문 아닙니까……?"

"말은 그렇게 해도 유즈리하 씨처럼 엄청 강한 인간은 한 명도 없었거든? 그렇긴커녕 스즈하만큼 강한 여기사조차 없었을걸?"

“그런 존재가 있을 리가 없잖습니까. 게다가 만약 스즈하 씨가 백만 명——아니, 고작 100명만이라도 있었다면 이 대륙은 이미 제압되어 남매끼리 혼인이 가능하게 됐을 겁니다.”

“아야노 씨는 과장이 심해.”

아야노 씨는 군사방면에 대해선 잘 모르는 것인지 나나 스즈하의 전력을 너무 과하게 평가하는 경향이 있었다.

“그나저나 영지 확대에 따른 사무 업무의 증가는 사쿠라기 공작가에서 보낸 인재들로 충분히 커버 가능할 겁니다.”

갑자기 영지가 2배로 커져 곤란했던 나에게 도움의 손을 건넨 게 사쿠라기 공작.

즉 유즈리하 씨의 아버지였다.

토코 씨의 방문 전후로 꽤 많은 숫자의 사무 관료를 로엔그린 변경백령으로 보낸 것이다.

“저도 이 눈으로 확인했지만 사쿠라기 공작가가 상당히 공을 들였더군요. 어느 인재도 틀림없이 톱 클래스였고 대국의 상급 관료 업무도 여유롭게 소화할 수 있는 레벨이니까. 아무리 공작가라 해도 그 정도로 우수한 인재를 긁어모아 이쪽 영지로 보내려면 상당히 고생했을 겁니다.”

“그렇구나——유즈리하 씨뿐만 아니라 아버지인 사쿠라기 공작도 정말 좋은 분이야. 나 같은 사람을 그렇게까지 도와주다니.”

“오히려 각하이기 때문에 최대한으로 협력하는 거라고

생각합니다만?"

"……부정할 수 없을지도……."

사쿠라기 공작은 날 묘하게 과대평가하는 구석이 있으니까.

*

아야노 씨와 헤어진 난 다른 사람들에게 조사를 하러 가겠다고 전하러 갔다.

그중에서도 유즈리하 씨와 스즈하가 특히 시끄럽게 굴었다.

"그래, 여행을 떠난다고?! 그럼 나도 파트너로서 그대의 등을 지키기 위해 함께 갈 수밖에 없겠지——!"

"물론 저도 함께할게요, 오빠!"

웬일인지 모르겠지만 굉장히 기뻐하는 두 사람을 보고, 여기사가 되면 정기적으로 도적 퇴치나 고블린 퇴치를 안 하면 스트레스가 쌓이는 걸까……라는 의문을 품게 되었다.

그때 꾹꾹, 옷소매를 잡아당기는 메이드가 한 명.

말할 것도 없이 이 성에서 유일한 메이드인 카나데였다.

그 머리 위에는 오늘도 화이트 헤어드 뱀파이어가 모습을 감춘 후 나타난 수수께끼의 소녀, 우뉴코가 오도카니 앉아 있었다.

우뉴코는 본격적인 견습 메이드로서 취임한 것 같았다.

"……주인님. 그 여행, 카나데도 따라가고 싶어."

"우뉴."

"카나데랑 우뉴코도? 으——음……."

일반적으로 생각하면 시중을 드는 메이드가 아닌 한 여행에는 데리고 가지 않는다.

그리고 카나데는 우리 영지에 있는 유일한 메이드로 나의 시중 담당은 결코 아니었다.

일반적으로 생각하면 우뉴코와 함께 성에 남아야 하는데——.

"카나데는 유능한 메이드. 주인님 시중도 정보 수집도 완벽하게 완수하지——."

"우뉴."

그랬다.

우리 성의 카나데는 이전에 다양한 저택의 천장 안 정보를 수집해 온 메이드.

카나데 말에 따르면 정보 수집은 메이드의 기본 기술이라고 했다.

"그럼 카나데도 같이 갈래?"

"……갈래!"

"우뉴!"

내가 묻자 카나데가 진심으로 기뻐하며 폴짝폴짝 뛰었다. 엄청 흔들렸다.

웬일인지 우뉴코도 함께 기뻐했지만 뭐, 견습 메이드니

까 여행 중에 메이드 업무를 여러 가지로 배우게 되겠지. 아마.

*

여행을 떠나기로 결정했다. 그럼 다음으로 생각해 볼 문제는 목적지겠지.

그 점에서 모두의 의견이 완전히 갈렸다.

회의실 테이블에 펼쳐놓은 대륙 지도를 앞에 두고 각자가 자신의 지론을 펼쳤다.

"——아시겠어요, 오빠? 토코 여왕님께 받은 방문지 리스트를 순서대로 따라가면 좀 멀리 돌아가야 하지만 이렇게 해안을 따라가면——."

"하지만 그 리스트는 토코가 국교를 맺지 않은 나라를 나열한 것뿐이잖아? 그것보다는 정보가 있다고 예상되는 장소로 초점을 맞춰야 해. 구체적으로는 이쪽 지방을——."

"거긴 사쿠라기 공작가가 지배하는 영지 바로 옆이잖아요. 유즈리하 씨가 본가로 돌아가고 싶은 것뿐 아닌가요……?"

"그렇게 말하자면 스즈하도 해수욕이랑 각지 해산물 맛집 탐방을 위해 그런 루트를 제안한 거잖아……?"

"그, 그런 거 아니거든요!"

스즈하와 유즈리하 씨가 열띤 토론을 벌이는 모습을 보

고 있으니 여기사의 작전회의도 이런 느낌일지 궁금해졌다. 난 군인이 아니니까 자세히는 모르겠지만.

그보다 난 메이드인 카나데의 모습이 신경 쓰였다.

표면상으로는 한 발 물러나 토론을 바라보고 있지만 뭔가 비책을 갖고 있는 듯한 그런 분위기를 자아내고 있었다.

게다가 메이드에겐 독자적인 정보망이 있다고 늘 말했고.

"카나데는 뭔가 좋은 방안 없어?"

내 말에 스즈하와 유즈리하 씨의 주목까지 받은 카나데는.

"맡겨줘."

자신 있는 듯 가슴을 펴고 당당하게 지도의 한 곳을 딱 가리켰다.

"저기, 여긴……골짜기 아니야?"

"골짜기네요. 하지만 오빠, 이 주변에는 마을이 없는 것 같은데요."

"그야 당연하지. 여긴 비밀의 장소, 이름하여 메이드의 골짜기니까."

『메이드의 골짜기?』

난 물론 스즈하와 유즈리하 씨도 들어본 적 없는 것 같았다.

카나데의 얼굴이 점점 더 의기양양하게 변했다.

"맞아. 우수한 메이드를 양성하기 위한 비밀스러운 장소."

"그런 장소가 있구나……."

"나도 그곳 출신. 이건 극비니까 아무에게도 말하면 안 돼."

"방금 카나데한테 들었는데……?"
"주인님은 카나데의 주인님. 그러니까 특별해."
그럼 스즈하나 유즈리하 씨는 어떻게 되는 건지 궁금했지만 성가신 이야기가 나오면 좀 그러니까 입 다물고 있어야지.
"메이드는 정보 수집의 프로. 그러니까 메이드의 골짜기에는 전 세계의 비밀스러운 정보가 모여."
"흐음…… 카나데의 말도 일리가 있는 것 같아."
"유즈리하 씨?"
"카나데의 말대로 메이드는 때때로 귀족조차 능가하는 수평적 정보망을 갖고 있어. 정보량은 토코가 가리킨 소국보다 이쪽이 더 많을지도 몰라."
"……."
"뭐, 뭐야, 스즈하. 뭔가 하고 싶은 말이라도 있어——?"
"이 장소에서 산을 2개만 넘으면 사쿠라기 공작령이죠?"
"아, 아니?! 그건 몰랐어, 우연이야——!"
어쩐지 이마에 땀을 흘리며 변명하는 유즈리하 씨는 차치하고.
"일단 최초 행선지는 결정됐네."
메이드는 정보 수집의 프로다. 적어도 우리 성의 카나데는.
그렇다면 우선은 카나데의 제안을 채용해야겠지.

그런 이유로 우리는 메이드의 골짜기를 목표로 하게 되

었다.

3 (토코 시점)

심야 사쿠라기 공작가.

당주의 서재에서 그날 밤도 토코 여왕과 사쿠라기 공작가 당주가 밀회하고 있었다.

"——흐음. 그럼 그 남자를 일부러 영지 밖으로 끌어냈다는 건가?"

"그렇지. 어쨌든 스즈하 오빠가 계속 있으면 그곳에선 절대로 전쟁도 일어나지 않을 테고 마물이나 드래곤에 습격당해도 무사하고 통치는 평등한 데다 평민에게 상냥하고 세금도 싸고 덤으로 오리할콘 광맥까지. ——알아차린 사람은 거의 없겠지만 스즈하 오빠는 카리스마가 너무 넘쳐."

"으음……."

"스즈하 오빠의 카리스마는 무자각 치트랑 똑같은 수준이니 포기한다고 해도 그 변방에 그렇게 카리스마 강한 인물이 계속 버티고 있는 건 문제야. 방치한 채 놔두면 최악의 경우 나라가 둘로 갈라질 수도 있어."

"그 남자에게 그런 생각은 조금도 없을 것 같은데……?"

"스즈하 오빠는 그런 생각 눈곱만큼도 안 하겠지. 게다가 장래에 로엔그린 변경백령으로 천도할 계획도 있거든. 물론 스즈하 오빠는 영주로 놔두고."

스즈하 오빠를 로엔그린 변경백으로 삼은 건 본인이니 별수 없는 일이라고 토코는 탄식했다.

그때는 웬타스 공국과의 전쟁 때문에 그렇게 하지 않을 수 없었다.

하지만 스즈하 오빠가 영주로서 우수한 데다 미스릴 광산은 물론 오리할콘 광맥까지 나오다니, 이건 완전히 예상 밖이었다.

"물론 천도라 해도 훨씬 이후의 이야기겠지만."

"확실히 오리할콘 광맥과 그 남자가 통치하고 있다는 절대적 안도감은 그 이외의 악조건을 무시하고라도 왕도를 이전할 가치로 충분할지도 몰라."

"그렇다 해도 준비가 여러 가지로 필요하니까. 지금 당장 어떻게 하겠다는 이야기는 아니야. 그때까지 스즈하 오빠는 로엔그린 변경백령이 아니라 우리나라 전체의 카리스마로 있어주지 않으면 곤란하다는 거지."

그리고 이야기는 처음으로 돌아갔다.

물론 스즈하의 오빠에게 이야기한 오리할콘이나 화이트 헤어드 뱀파이어의 정보가 필요하다는 것, 자국과 국교를 맺은 나라는 조사 중이니 그 이외의 정보원이 필요하다는 건 틀림없는 사실이었다. 하지만 그 이상으로.

"자네가 그 남자에게 가리킨 곳은……우리나라와의 교섭을 거부하고 있는 곳들뿐이잖나."

"맞아. 내가 가면 문전박대를 당하겠지만 스즈하 오빠라면 괜찮지 않겠어?"

"백만이나 되는 적병을 혼자 쓰러뜨린 전설은 지금이야 대륙 전체에 펼쳐져 있으니까. 아무리 정보에 둔한 녀석들이라 해도 그 남자를 모르진 않겠지. 그리고 그 남자를 화나게 했다가 한순간에 멸망할지도 모른다고 생각하면 설마 함부로 하진 못할 거야."

"뭐, 스즈하 오빠를 화나게 했다간 한순간에 흔적도 없이 날아가 버린다는 게 정말이라 해도, 그 온화한 스즈하 오빠가 그 정도로 화를 낼 리가 없지!"

"흥. 정보를 차단한 녀석들이 그런 걸 어떻게 알겠나."

"맞아. 저기, 공작, 이번 나의 작전, 어때?"

토코 개인적으로는 꽤 회심의 작전이라고 생각하고 있었다.

아무튼 합리적으로 스즈하 오빠가 나라의 얼굴——즉, 토코의 지배하에 있다는 걸 대대적으로 어필할 수 있으니까.

거기에는 토코의 아무에게도 말할 수 없는 생각이 담겨 있었다. 즉.

——함께 있는 건 유즈리하지만 본인도 스즈하의 오빠와 끈끈하게 이어져 있다는 사실을 세간에 알리지 않으면 안 된다는 그런 생각.

절대로 스즈하의 오빠가 없는 동안은 초밥을 안 보내도 되니 왕가의 재정 위기를 회피할 수 있다거나 그런 보잘것없는 이유 때문만은 결코 아니었다.

뭐, 어쨌든 토코 머릿속에서 이번 작전은 꽤 점수가 높았다.

하지만 공작의 표정은 토코의 예상을 어긋난 것이었다.

"글쎄……."

"——뭐야, 그 표정. 공작, 혹시 내 작전에 이상한 점이 있어?"

"아니, 그런 건 아니네."

"그럼 왜 미묘하게 납득이 안 된다는 표정을 짓는 건데?"

"정말 그런 기분이니까."

"……?"

의아한 표정의 토코에게 공작이 한 번 헛기침을 하고.

"하나 묻겠는데 자네의 상상대로 된다면 그 결과 무슨 일이 일어나겠나?"

"응? 그야……오리할콘이나 화이트 헤어드 뱀파이어의 정보 수집은 일단 무리겠지. 그런 정보 따위 어디도 갖고 있지 않을 테니까. 결국 스즈하 오빠에게 엄청 겁먹은 녀석들이 서둘러 우리나라와 국교를 맺으려고 하거나 혹은 공물을 하나라도 더 보내지 않을까?"

"나도 그렇게 생각하네. 그렇기에 더 걸리는 거야."

"그게 무슨 소리야?"

"그 남자가 그 정도의 미적지근한 성과로 자중할 것 같은가?"

"뭐……?"

무슨 질문일까.

토코가 왕녀 시절부터 국교를 거절한 잠재적 적국에 대한 대응은 중요 과제 중 하나였고 국가 내정도 스파이를 보내 분석하고 있었다.

아무리 스즈하의 오빠라 해도 예상 이상의 일이 가능할 것 같진 않았다.

"그럼 공작은 스즈하 오빠가 무슨 일이라도 저지를 것 같다는 거야?"

"글쎄, 그런 약소국가보다도 훨씬 중요하고 가치가 있는 것—— 예를 들면 이건 어디까지나 가정이지만 저승의 골짜기를 발견한다거나——."

"저승의 골짜기!!"

그건 말도 안 된다고 토코가 콧방귀를 뀌었다.

저승의 골짜기는 대륙 어딘가에 있다고 전해지는 초일류 암살자 양성 기관이었다.

소문에 따르면 그 골짜기에는 다양한 암살 기술, 그리고 대륙 전체의 극비 정보가 있다고 한다.

그 골짜기에 들어가면 초일류가 될 때까지 결코 나올 수 없다나.

그리고 살아서 나갈 수 있는 확률은 1000분의 1에 지나지 않는다고도——.

뭐, 솔직히 그냥 전설 같은 이야기며 실재하지 않는다는 것이 왕가의 첩보 부대가 내린 결론이었다.

"아니, 아니, 공작도 참, 아무리 스즈하 오빠라 해도 그건 절대 불가능하잖아?! 무슨 바보 같은 소릴 하는 거야!"

토코가 타이르자 공작의 얼굴이 살짝 붉게 물들었다.

"으, 으음……내가 생각해도 허무맹랑한 말인 것 같긴 하군."

"참나! 아무리 스즈하 오빠라 해도 무리인 건 무리라고!"

——스즈하의 오빠가 현재 어디로 향하고 있는지 모르는 두 사람은, 그렇게 말하며 크게 웃었다.

4

나의 영지인 로엔그린 변경백령도 대체적으로 변방이었지만 카나데가 말한 메이드의 골짜기는 그 수준을 훨씬 넘어서는 곳이었다.

반경 수백 킬로에 걸쳐서 인간의 마을이 전혀 존재하지 않았다.

"왜 그런 벽지에서 메이드를 육성하는 거지……?"

"메이드는 그림자. 아무도 모르고 알아선 안 돼. 그게 메이드의 고향."

"그런 것치고는 얼마 전에 아주 쉽게 알려준 것 같은데……?"

"주인님은 주인님이니까 문제없어."

여행 멤버는 나 외에 스즈하, 유즈리하 씨, 카나데와 우뉴코까지 총 5명.

스즈하와 유즈리하 씨는 그렇다 쳐도 원래 메이드인 카나데와 어린 소녀인 우뉴코는 일반적으로 생각했을 때 데리고 와선 안 된다.

뭐, 메이드 양성 기관이 있을 정도니까 괜찮겠지.

처음엔 큰 길을 따라 여행했던 우리였지만 금방 도로를 벗어나 숲을 헤치고 높은 산을 넘어 최단 루트로 돌진했다.

그렇다 해도 그 내막은 반쯤 피크닉 같은 것이었다.

"——그럼 오빠, 오늘은 어떤 걸로 승부를 볼까요?"

"으——음."

우리는 여행 도중 심심풀이로 하루에 한 번 『승부』를 벌이고 있었다.

그날 주제를 내가 결정하고 승자는 뭐든 딱 하나 소원을 말하는 거다. 그 결과.

스즈하가 이겼을 때는 저녁식사 후에 진수성찬급 스페셜 마사지를 요구받았고.

유즈리하 씨가 이겼을 때는 다음 날 온종일 목말을 태워야 했고.

카나데가 이겼을 때는 메이드에게 다가가는 귀축 영주 플레이(미수)를 강요받기도 했다.

아무에게나 부탁해도 될 텐데 왜 다들 나에게만 요구하

는 걸까.
"그럼 오늘은 사냥으로 할까?"
"사냥이요?"
"식사용으로 사냥감을 발견하면 누가 그 사냥감을 먼저 잡는지 승부하는 건 어때?"
"좋은데요, 오빠. 그동안 좀이 쑤셨거든요."
"후후후. 내가 검뿐만 아니라 활도 잘 쏜다는 걸 보여줄 때가 온 것 같은데!"
"……질 수 없는 싸움. 나비처럼 날아 벌처럼 쏘는 것이 메이드의 진수."
"우뉴!"
그 이후 우리는 험한 산을 올랐고 괜찮아 보이는 사냥감을 발견한 건 정오가 지날 무렵이었다.
"저건 어때?"
"저건……드래곤인가요?"
"아니, 스즈하, 저건 와이번이야."
와이번이라는 건 드래곤의 소형 열등화판 같은 녀석으로 의외로 잡기 어려웠다.
그 와이번이 아득히 먼 저쪽 상공을 유유히 날고 있었다.
어딘가에 있는 마을을 습격하러 가는 도중일지도 모른다.
"운이 좋았어. 와이번은 맛있으니까."
"그러게요, 오빠의 요리가 기대돼요."
"아니. 와이번은 우수한 기사단이 없으면 소국조차 멸망시키는 존재거든? ……뭐, 됐다.”

웬일인지 석연치 않은 듯한 유즈리하 씨를 포함해 각자 원거리 공격 준비를 시작했다.

“응…… 으쌰.”

스즈하가 귀여운 소리와 함께 근처에 있던 추정 중량 5톤의 바위를 머리 위로 들어 올렸다. 투척 준비에 돌입.

“그렇게 나오시겠다? 하지만 스즈하는 허술해, 좀 더 날아갈 만한 형태의 물건을 선택했어야지.”

유즈리하 씨가 높이 20미터 정도의 거목을 지면에서 뽑아내 던질 준비를 했고.

“우뉴?!”

……카나데가 머리 위의 우뉴코를 이용해 표적을 겨눴기 때문에 그건 역시 말렸다.

“카나데, 우뉴코를 던지면 안 돼.”

“우뉴코는 튼튼해, 아무리 던져도 괜찮아. 게다가 메이드는 천야만야(千耶萬耶)한 골짜기에 던져서 단련시키니까.”

“아무리 튼튼해도 안 돼!!”

내가 카나데를 꾸짖는 동안 스즈하가 던진 바위와 유즈리하 씨가 던진 거목은……명중하긴 했지만 와이번을 떨어뜨리진 못했다. 위력이 부족했던 모양이다.

어쩔 수 없지.

“그럼 이제 내가.”

그렇게 말하며 주머니에 들어 있던 코인을 꺼내 표적을

겨냥한 후 손가락으로 튕겼다.

퍼엉 폭발하는 듯한 소리와 함께 코인이 맹렬한 스피드로 날아가 와이번의 두개골을 관통했다.

오빠로서 좋은 본보기를 보여준 난 조금 득의양양하게 말했다.

"스즈하, 총알은 가벼워야 스피드가 나오고 위력이 증가하는 거야. 이런 식으로."

"……아뇨, 오빠, 그 이전에 와이번의 머리가 날아갔잖아요……?"

"와이번은 머리가 약점이니까."

"아니, 아니, 그런 문제가 아니잖아?! 어째서 코인을 손가락으로 튕기기만 했는데 와이번을 순식간에 쓰러뜨릴 수 있었던 거지?!"

"요령이 있어요."

나도 할 수 있으니 이름난 톱 여기사인 유즈리하 씨라면 연습하면 금방 할 수 있게 되겠지.

그런 나의 말을 들은 유즈리하 씨가 웬일인지 굉장히 지친 표정으로 중얼거렸다.

"……후우. 너의 무자각 무쌍에는 익숙해졌다고 생각했는데 나도 아직 멀었구나……."

무슨 의미지? 이해가 안 되네.

*

와이번도 맛있게 먹고 이제 잠에 들기만 하면 되는 시간.

"그런데 오빠는 승자의 소원을 어떻게 사용할 생각인가요?"

"저기……?"

그러고 보니 아무것도 생각하지 않았구나.

문득 둘러보니 냉정함을 가장한 채 듣고 있는 스즈하 뒤로 유즈리하 씨와 카나데, 우뉴코가 엉뚱한 방향을 바라본 채 귀만 기울여 듣고 있었다.

내가 과한 소원이라도 사용할 거라고 생각하는 걸까? 좀 슬프네.

"부탁하고 싶은 것도 안 떠오르고 딱히 없어도——."

"아뇨, 오빠. 그건 안 돼요."

스즈하가 불쑥 얼굴을 들이밀었다.

"승자가 권리를 행사하지 않으면 안 돼요. 그러니까 잘 생각해보세요, 오빠. 뭔가 있을 거예요."

"저기……?"

"어쩔 수 없는 오빠네요. 구체적으로 예를 든다면 늘 열심히 하는 귀여운 여동생을 힘껏 쓰담쓰담 해주고 싶다거나 최근 또 가슴이 커진 여동생의 쓰리 사이즈를 알고 싶다거나——."

"잠깐만?!"

다른 곳을 보고 있던 유즈리하 씨가 잠깐만이라는 콜과 동시에 굉장한 기세로 다가왔다.

"너, 너무 치사한 거 아니야?! 그렇게 나온다면 나도 스즈하의 오라버니와 밤새 엎치락뒤치락 싸우는 특훈도 하고 싶고 스즈하의 오라버니가 만드는 맛있는 된장국을 매일 먹고 싶고 스즈하의 오라버니 뒤를 평생 지켜내고 싶거든!"

"그건 전부 유즈리하 씨의 소원이잖아요. 기각할게요."

"스즈하도 전부 스즈하의 소원이잖아!!"

크게 떠드는 두 사람을 보며 난 어쩔 수 없다고 어깨를 움츠렸다.

그런 두 사람을 뒤로 한 채 스르륵 다가온 메이드, 카나데의 머리를 쓰다듬으며 말했다.

"카나데는 이렇게 조용하고 예의범절도 잘 지키는데."

"응. 메이드는 조용해. 그러니까 상을 원해."

"뭐?"

"——카나데는 앞으로 계속 주인님의 메이드로 있고 싶어."

"그러면 나도 승자의 소원을 『계속 카나데의 주인으로 있고 싶다』로 할까?"

"……응."

카나데는 작게 끄덕이며 나에게 기댄 뒤 얼마 지나지 않아 작은 숨소리를 내며 잠들었다.

스즈하도 유즈리하 씨도 카나데를 좀 본받았으면 좋겠다.

5

산을 몇 개 넘은 끝에 우리는 드디어 메이드의 골짜기에 다다랐다.

"저기……여기가 맞아?"

"응."

언뜻 보기에는 골짜기 사이에 고요히 존재하는 시골 마을 같은 느낌일 뿐.

도저히 메이드 양성 기관으로는 안 보이는데——.

"이대로 쭉 들어가."

마을로 들어서자 소리도 없이 나타나는 몇 명의 메이드.

나이도 차림도 카나데와 별반 다르지 않은, 어디에서 어떻게 봐도 메이드였다.

게다가 발소리를 완벽하게 죽이고 있는 걸 보면 메이드로서의 숙련도도 꽤 높은 것 같았다.

우수한 메이드를 항상 지켜봤던 공작영애인 유즈리하 씨도 무의식중에 눈을 휘둥그렇게 떴다.

"응? ……으으으으응?!"

"정말 다들 숙련되어 있네요."

"아니, 아니, 아니?! 메이드가 조용히 걷는 건 기본이지만 여긴 자갈길이잖아?! 어떻게 그 위를 소리도 없이 걸을 수 있지?!"

"메이드니까 그런 거 아닌가요?"

"메이드잖아!! 암살자가 아니라!!"

과연. 즉 유즈리하 씨가 봐도 하이 레벨의 메이드들이라

는 뜻인가. 역시 카나데의 고향.

메이드들은 우리를 경계하는 것처럼 멀리서 에워싼 채 바라보고 있었지만 뒤에서 카나데가 스르륵 모습을 드러내자 일제히 한 발을 뒤로 빼고 무릎을 굽혀 인사를 건넸다.

『교장 선생님!』

"으음…… 다들 마중 나오느라 수고했어."

"뭐야?! 카나데가 교장 선생님이야?!"

"응. 메이드의 골짜기에선 역대 가장 우수했던 메이드가 교장 선생님이 되는 규정이 있어. 그래서 카나데가 교장 선생님."

"그렇구나. 대단하네, 카나데."

"……그렇지도 않아……우후후……."

카나데는 의기양양해진 자신의 얼굴을 어떻게든 숨기려고 했지만 느슨해진 뺨과 부푼 코는 숨길 수 없었다.

"우뉴!"

카나데의 머리 위로 올라간 우뉴코도 카나데의 위대함에 눈을 반짝거리고 있는 듯했다. 그 마음을 굉장히 잘 알 수 있었다.

나도 카나데의 주인으로서 우쭐했다.

마을 내부를 걸으며 이곳저곳에 덫이 설치되어 있다는 걸 알 수 있었다.

언뜻 보기엔 별로 색다를 것 없는 장소에 함정을 파놨다

든가.

나무 위에서 우리가 떨어지는 장치라든가.

잘 모르겠지만 메이드 교육에 필요한 거겠지. 아마.

"으——음……."

"왜 그래, 스즈하?"

"뭔가 좀 메이드라기보다 어딘가 도적의 근거지 같은 분위기가 느껴져서요. 제대로 표현 못 하겠지만……."

"그래, 스즈하가 하고 싶은 말이 뭔지 잘 알겠어."

"유즈리하 씨?"

"내 감상으로는 닌자 같은 느낌인데. 아득히 먼 동방의 섬에 있다는 전설의——."

"흐음, 그런 게 있어요?"

즉 메이드의 골짜기는 유즈리하 씨가 봐도 동방의 문화를 받아들인 최신 메이드 양성 기관이라는 거겠지.

대단하다고 감탄했다.

*

마을 안에서도 유달리 큰 집으로 안내되어 다 함께 푹 쉬고 있는데.

카나데가 꾹꾹 나의 소매를 잡아당겼다.

왜 그러냐고 물었더니.

"——뭐? 메이드 훈련을 도와달라고?"

"응."

그 이후 카나데의 설명을 정리하자면.

원래 메이드라는 존재는 주인의 명령을 듣고 움직인다고 한다.

하지만 메이드의 골짜기엔 주인 역할은 있어도 진짜 주인님은 존재하지 않는다.

그래서 내게 메이드의 골짜기 주인 역할을 해달라는——그런 말인 듯했다.

물론 나로서도 이의는 없었다.

"메이드의 골짜기에는 오리할콘과 화이트 헤어드 뱀파이어의 정보 수집 때문에 왔으니까. 그 보답이 될지는 모르겠지만 훈련 보조 정도는 얼마든지 할게."

"……주인님한테 그런 말을 들을 수 있어서 다행이야."

"응? 하지만 카나데가 메이드의 골짜기 교장선생님이라면 굳이 우리가 찾아오지 않고 카나데가 정보를 물어봐도 되는 거 아니야……?"

"……그, 그렇지 않아……."

그럼 어째서 카나데는 내 눈을 보면서 답하지 않는 걸까?

뭐, 딱히 상관은 없지만.

부탁하는 건 이쪽이니 인사 한마디 안 하는 것도 예의에 어긋났다. 게다가.

"카나데는 나에게 메이드의 골짜기를 보여주고 싶었던 거지?"

"……맞아. 그리고 또 하나."

"응?"

"——여기 모두를『진짜 주인님』과 만나게 해주고 싶었어."

그게 어떤 의미인지 나로서는 잘 알 수 없었지만.

카나데의 눈동자는 굉장히 진지했다.

"——그러니까 메이드의 골짜기에 사는 모두를 한 명도 남김없이 때려눕혀 줬으면 좋겠어."

"무슨 소리야?!"

그 이후 카나데에게 끌려간 곳은 메이드의 골짜기에서도 가장 깊은 곳에 위치한 장소.

그곳에서는 몇백 명은 시시할 정도로 많은 숫자의 메이드들이 오로지 훈련에만 몰입하고 있었다.

구체적으로는 무언가를 칼로 푹 찌르는 훈련.

그 광경은 그야말로 호러 그 자체일 뿐이었다.

"저기…… 이건……?"

"훈련."

"왜 칼을 휘두르는 건데?!"

"칼 솜씨는 메이드 업무의 기본. 칼을 능숙하게 사용할 수 있으면 뭐든 요리할 수 있지. 그러니까 굉장히 중요해."

"그, 그런가……?"

그렇게 듣고 보니 그런 것도 같은…… 가……?

뭐, 그건 그렇다 치고.

"있잖아, 카나데."

"왜?"

"왠지 안 좋은 예감이 드는데."

"어떤?"

"글쎄. 구체적으로는 내가 메이드들 무리에게 습격당하고 사방팔방에서 나이프로 마구 나를 찌를 것 같은."

직접 말하면서도 설마 아닐 거라고 생각했다.

왜냐하면 그건 명백하게 엽기 살인 같은 거니까.

아무리 고용인들을 학대하는 악덕 영주라도 거기까지 이르는 일은 좀처럼 없다.

하지만 카나데는 날 빤히 봤다.

"역시 카나데의 주인님."

"응? 왜?"

"완전 딩동댕."

——정신을 차려보니 어느새 메이드들은 나이프를 휘두르다 멈춘 후였고.

짐승처럼 번쩍거리는 눈으로 날 바라보고 있었다——!

6 (유즈리하 시점)

눈앞에 펼쳐진 광경에 역전의 여기사인 유즈리하도 말문이 막히고 말았다.

사방팔방에서 전개되는 공격을 스즈하의 오빠가 받아내

는 것까진 좋았다.

스즈하의 오빠가 모조리 때려눕힌 결과 쓰러진 사체(?)의 산이 쌓여 있는 것도 뭐, 괜찮았다.

하지만――저들이 전부 메이드복 차림인 건 대체 어떻게 된 것일까.

"저기……저 사람들 정말 메이드 맞아?"

유즈리하 입 밖으로 무심코 튀어나온 의문에 옆에서 바라보던 스즈하가 답했다.

"다들 메이드복을 입고 있으니 메이드 아닐까요?"

"아니…… 메이드라기보단 역시 암살자나 닌자가 더 맞는 것 같은데……?"

"모르셨어요, 유즈리하 씨? 암살자는 메이드복을 입지 않아요."

물론 그런 건 유즈리하도 알고 있다.

"하지만 칼을 다루는 모습도 몸놀림도 메이드는 아니잖아……?"

"호위 메이드 같은 타입도 있다고 들었는데요?"

"아니 아무리 그래도 좀……."

"게다가 어느 쪽이든 오빠에게는 어림없고."

그건 분명 맞는 말이라고 유즈리하는 생각했다.

유즈리하의 눈으로 관찰했을 때 이곳 메이드들의 전투력은 굉장히 높았다.

일대일로 정면에서 싸우면 신입 기사를 어떻게든 쓰러

뜨릴 수 있을 정도라 할까.

물론 메이드 하나가 그만큼 강한 것만으로도 대단하다.

하지만 관찰해보면 알 수 있다.

이 메이드들은 연계 플레이가 굉장히 능숙한 데다, 무엇보다 기척을 완벽하게 감췄다. 사각지대에 들어가는 것도 굉장히 능숙하고.

일대일로 정확하게 급소를 노릴 줄 알며 명중률도 발군이라는 걸 간파할 수 있었다.

"여기 메이드는 인원이 늘어나면 늘어날수록 위험해지는 타입이야……."

"네에. 가뜩이나 재빠른 움직임으로 교란하는 데다 정면의 메이드를 쓰러뜨리려고 집중하고 있으면 그 틈에 다른 메이드가 등 뒤에서 힘껏 찔러대고."

"……호위 메이드라면 방어력이 중요하지 않아? 어디에서 봐도 여기 메이드들은 능력을 공격력에 전부 쏟아부은 것 같은데?"

"공격은 최대의 방어라고도 하니 괜찮지 않을까요?"

"그런가……?"

어쩐지 석연치 않은 유즈리하였지만 그래도 알아낸 건 하나.

"아무튼 여기 메이드들은 너무 강해. 만약 10대 10으로 격렬하게 싸우면 아마 왕도의 근위사단에게도 이길지 몰라."

"규칙이 없다면 틀림없이 이기겠죠."

"……하지만 역시 스즈하의 오라버니에게는 통용되지 않는구나."

"오빠가 전방위의 공격을 받아내고 있으니까요."

등 뒤나 머리 위, 온갖 공격을 막아내는 오빠의 모습을 보면서 스즈하가 나직이 중얼거렸다.

"그러니까 오빠의 등은 굳이 누군가가 지킬 필요가 없는 데──."

"그, 그, 그, 그렇지 않아!!"

자신의 정체성을 부정당할 수도 있는 지적에 유즈리하가 맹렬히 허둥댔다.

"뭐, 그런 건 아무래도 상관없지만요."

"전혀 상관없지 않거든?!"

"왜 저 메이드들은 계속 오빠를 상대로 훈련을 하고 있을까요?"

"내, 내가 등을 지킬 테니──뭐라고?"

듣고 보니 분명 메이드의 전투 훈련치고는 너무 길었다.

훈련은 벌써 몇 시간이나 이어지고 있었다.

"으음. 메이드의 전투 훈련이라면 저 정도로 오랜 시간 할 필요는 없는데……."

"……이러면 좀 곤란한데."

"그래? 스즈하의 오라버니니까 힘 조절은 제대로 하고 있을 테고 뭐, 괜찮지 않아?"

"생각해보세요, 유즈리하 씨. 여기 메이드들은 이 정도의 실력을 갖고 있으니 본인들의 전투력에는 자신이 있을 거예요."

"그렇겠지."

"그런데 오빠에게 『참교육』당한다면──."

"앗."

"오빠가 하는 건 어떤 의미에서 메이드를 향한 조교와 똑같지 않나요? 자신이야말로 주인님이라고, 그 메이드 혼에 뜨거운 주먹으로 새기고 있는 것과 마찬가지니까……."

"그, 그런 바보 같은……하하하……."

"유즈리하 씨, 목소리가 떨리고 있어요."

짚이는 데가 너무 많았다.

아마조네스의 부족장이라는 전례를 꺼낼 것까지도 없이.

자신 또한 스즈하 오빠의 강인함에 매료됐다는 걸 잘 아는 유즈리하는, 그저 마른 웃음을 지을 수밖에 없었다──.

7

메이드의 골짜기에 온 첫날은 메이드와 무한 대련 같은 것을 했지만 그 이후에는 지극히 쾌적하게 보내고 있었다.

워낙 거주하는 메이드의 인원수가 방대해서 그 한 명 한 명에게 카나데가 청취 조사를 하고 있었다. 오랜만에 만나 인사도 겸하고 있는 것 같았다.

그래서 청취가 끝날 때까지 꽤 시간이 걸렸다.

그동안 우린 가끔 메이드의 조수로 일하면서 메이드의 골짜기에 체류하고 있었는데——.

"오빠, 왜 좌우에 메이드를 두는 거예요?! 게다가 무릎 위에 카나데까지! 거긴 제 자리일 텐데요!"

"아니, 이제 어린애가 아니니까 무릎 위는 스즈하의 자리가 아닌 것 같은데……?"

"그런 건 사소한 문제예요!"

내가 메이드들의 훈련을 도와주고 있으면 꽤 높은 확률로 스즈하가 화를 내며 이의를 제기했다.

"어쩔 수 없어, 스즈하. 이건 중요한 훈련의 일환이니까."

"……어떤 훈련인데요?"

"영주의 자식과 허물없이 지내기 위해 메이드가 24시간 노닥거리는 훈련."

"그런 훈련이 있어요?!"

아니, 나도 이상하다고는 생각했다. 하지만.

"나도 카나데한테 물었어. 그런 훈련이 정말 있냐고."

"그랬더니요?"

"그랬더니 카나데가 『있다고밖에 말할 수 없어』라고 대답하더라고. 그럼 진짜잖아."

"오빠, 혹시 속은 거 아니에요?!"

그 말은 실례야. 난 나의 메이드를 신뢰하고 있는 것뿐인데.

게다가 뭐, 만약 아니라 해도 실질적인 손해는 없고.

“저기, 스즈하, 우리는 메이드의 골짜기 사람들에게 여러 가지로 신세를 지고 있으니까. 우리가 할 수 있는 만큼 은혜는 갚아야 하지 않겠어?”

“――뭐, 그 점은 스즈하의 오라버니 말이 맞아.”

“유즈리하 씨. 훈련은 끝나셨군요.”

“으응.”

유즈리하 씨는 주로 메이드들의 전투 훈련을 함께 하고 있었다.

참고로 스즈하는 특별히 아무것도 하지 않았다.

“정말 여기 메이드들의 전투력은 무시무시해. 공격력에 너무 특화되어 있는 게 결점이지만……. 애초에 다른 훈련을 하는 모습은 본 적이 없네.”

“착실하게 하고 있어. 예를 들어 독――약의 조제라든가.”

“호오.”

“독――바늘을 사용한 훈련이라든가.”

“그랬어? 사실 난 재봉에 서툴거든. 그래서 전장에서 옷이 찢어지면 곤란할 때가 많아. 그러니까 나도 참가하면 안 될까?

“위험하니까 안 돼.”

“난 그렇게까지 서툴지 않은데?!”

설마 독침을 사용하는 것도 아닐 테고, 카나데의 태도는 오버이긴 했지만 유즈리하 씨도 저래 봬도 공작 영애니까.

만에 하나라도 다치게 하고 싶지 않은 마음은 이해할 수 있었다.

*

카나데의 청취가 거의 끝날 때까지 꽤 많은 시간이 걸렸다.

그동안 난 메이드들의 훈련에 동참했는데, 메이드를 무릎 위에 올리거나 메이드와 함께 낮잠을 자거나 메이드에게 『아——앙』을 당하거나 메이드의 허리 리본을 『좋지 아니한가, 좋지 아니한가』 『으——응——?』 하면서 잡아당기며 빙글빙글 돌거나 그 외에도 뭔가 여러 가지를 도왔다.

그리고 내린 결론.

"……정보는 얻을 수 없었어. 미안해."

"천만에."

카나데가 고개를 푹 숙이고 있었다.

결국 오리할콘과 화이트 헤어드 뱀파이어의 유력 정보는 얻을 수 없었고 카나데는 책임감을 느끼고 있는 듯했다.

하지만 그런 건 애초에 까다로운 문제였다.

"카나데는 열심히 해줬어. 고마워."

"응……."

머리를 쓰다듬자 카나데가 정신을 가다듬은 듯 날 바라보며.

"그런데 주인님. 어땠어?"

"어땠냐니?"

"여기 메이드들. 주인님은 모두에게 확실하게 주인님으로서 인정받았으니까 마음에 드는 메이드를 데리고 가도 돼. 다들 기뻐할걸."

"뭐어……?"

그 말을 듣고 생각했다.

확실히 그 넓고 큰 로엔그린 성에 메이드가 카나데 혼자면 힘들 것 같았다. 카나데가 만능 메이드라서 자주 잊어버리지만.

그러니까 이번 기회에 새로운 메이드를 고용할 수 있다면 그것도 좋겠지.

이곳의 메이드라면 다들 서로 잘 아니까.

"카나데는 몇 명이 필요해?"

"주인님이 원하지 않는다면 필요 없어. 애초에 메이드의 골짜기의 메이드는 전부 반쪽짜리."

"그래? 하긴 양성기관이라고 했으니까."

하지만 그렇다고 이걸로 바이바이하는 건 좀 섭섭했다.

모처럼 이어진 인연인데.

게다가 어쨌든 우리 메이드인 카나데가 교장 선생님이고.

──거기까지 생각한 순간 좋은 아이디어가 떠올랐다.

"그럼 내가 이사장이 되는 건 어때?"

"이사장……?"

"그래. 메이드들을 교육할 돈을 지원하는 역할. 어때?"

그렇게 하면 내가 조금이나마 지원할 수 있고 메이드들

과의 인연도 계속 유지할 수 있다.

게다가 나도 변경백이 되어 돈에는 꽤 여유가 생겼으니까.

메이드 교육에 투자한다 해서 벌을 받진 않겠지.

나의 제안을 설명하자 카나데의 얼굴이 순식간에 밝아졌다.

"……좋아! 이사장, 굉장히 좋아……!"

"카나데도 그렇게 생각해?"

"주인님은 카나데보다 대단해, 이사장도 교장보다 대단해. 그러니까 딱이야."

"뭐, 난 카나데나 다른 메이드에게 참견할 생각은 없지만."

"다들 주인님의 메이드가 되고 싶어 했어. 그러니까 기뻐."

"그래?"

언젠가 메이드 수가 부족하다고 카나데가 말하면 몇 명인가 우리 성에 취직시켜야지. 카나데도 분명 기뻐할 거다.

"그럼 이곳의 메이드들은 전부 주인님의 메이드나 마찬가지야."

"뭐, 금전적인 흐름에선 그렇게 되려나?"

"그러니까 주인님, 모두에게 따끔하게 명령을 내려줘. 주인님의 명령을 못 받으면 다들 슬퍼해. 메이드의 불명예지."

"으――음……."

그렇다고 몇 명만 로엔그린 성에 데리고 가면 다들 함께 메이드 훈련을 못 받게 될 테고.

"그럼 계속해서 정보 수집을 부탁해도 될까?"

"물론, 다 덤벼."

"무리 안 해도 되니까 가능한 범위에서 오리할콘과 화이트 헤어드 뱀파이어에 대해 조사해주면 기쁠 것 같아. 아, 맞다."

난 주머니에서 토코 씨에게 받은 메모지를 꺼내 말했다.

"이건 토코 씨의 리스트. 이 주변에 정보가 있는 것 같다고 했어."

"——알았어. 메이드의 골짜기의 이름을 걸고 철저하게 조사할게."

"기대할게."

설마 현지 조사를 가는 건 아니겠지만 메이드는 수평적 인맥도 넓은 것 같으니까. 어쩌면 현지에서 지인이 움직이는 일이 있을지도 모른다.

"그럼 잘 부탁해."

"불타오르는데."

그런 식으로 가볍게 부탁한 그 한 마디가.

설마 대륙의 지도에서 소국이 3개나 사라지는 계기가 됐다는 사실을 그때의 난 알 길이 없었다——.

8 (토코 시점)

심야, 사쿠라기 공작 저택.

그날 토코 여왕과 사쿠라기 공작의 밀담은 평소보다 심각한 색을 띠고 있었다.

“——그래, 공작 쪽도 똑같다는 거지?”

“으음. 우리 가문의 첩보대에서는 지하 세계에서 뭔가 큰 움직임이 있었다고 짐작하고 있네. 다만 그게 무엇인지 전혀 알아내지 못한 것 같더군.”

“왕가의 정보망으로도 똑같아. 뭔가 있었던 건 틀림없는데 뭐가 일어난 건지는 전혀 불분명하다고.”

바로 얼마 전 왕가와 공작가의 첩보부대가 거의 같은 시기에 이변을 알아차렸다.

그건 일반인이 보면 결코 눈치채지 못할 사소한 위화감.

표면상으로는 평정을 가장하고 있지만 몇 년이나 계속 지켜봤던 인간이라면 평소와 상태가 다르다는 걸 알아차릴——그런 이변이었다.

그러한 보고가 올라온 왕가와 공작가는 꽤 우수한 첩보부대를 갖고 있다고 말할 수 있다. 대부분의 귀족들은 지하세계의 기묘한 이변을 알아차리지 못했을 것이다.

“——이건 하나의 추측이지만. 우리 첩보부대 톱의 말로는 어딘가의 지하 조직 우두머리가 바뀌었을지도 모르겠대. 듣자 하니 엄청 귀중한 보물이라든가, 말이 안 나올 정도로 비싼 보석이라든가, 그런 축하 선물이 될 만한 물건이 크게 움직인 것 같아.”

“공작가에서도 그 가능성을 지적했네. 다만 해당하는 지하 조직을 전혀 찾을 수 없다더군."

"역시? 왕가에서도 그렇게 말했어."

왕가나 공작가의 첩보부가 추정하는, 이동된 자산의 총액은 소국 하나 둘 정도는 가볍게 살 수 있을 정도의 금액이었다. 어쩌면 대국인 드로셀마이엘 왕국조차도 로엔그린 변경백령을 제외한다면 어떻게든 살 수 있지 않을까 할 정도의.

그 단계에서 어떠한 거래라는 선은 우선 사라진다. 뭘 거래한다는 것인가.

다음으로 떠오른 건 축하 선물이었다.

이건 정말이지 있을 법하다고 생각했다. 움직임이 확인된 물건들은 경사스러운 날 보내는 대표적인 선물이거나 극히 희소한 보석이나 매직 아이템 등 정말이지 축하할 때 헌상하기에 어울리는 물건들뿐이었으니까.

하지만 그 선 역시 말도 안 된다고 생각하게 됐다.

그 이유는 아주 간단했다.

"어쨌든 터무니없는 금액이야. 그런 건 어느 대국의 지하 조직 톱이 교체된다 해도 도저히 모을 수 없다니까."

"그렇지. ——만약 있다고 한다면."

"있다고 한다면?"

"그건 대륙의 지하 세계 전체를 군림할 절대적인 지배조직이라고 말할 수 있겠지."

"아——. 우리 녀석들도 그런 말을 했어. 하지만 그건 말도 안 되잖아?"

"그렇지——그야말로 『저승의 골짜기』가 아닌 한 무리겠지."

"그럼 역시 무리잖아."

저승의 골짜기는 이 대륙 어딘가에 있다고 알려진, 지하세계에서 전설로 전해지는 장소.

이 대륙 초일류 암살자는 전부 저승의 골짜기 출신이라는 소문이 있었다.

그리고 저승의 골짜기에는 또 하나의 색다른 이야기가 있다.

——저승의 골짜기에 사는 피투성이의 암살자들은.

자신들을 지배하기에 충분한 주인을 영원히 기다리고 있다고——.

"내가 들은 이야기로는 저승의 골짜기에는 보스가 없다던데?"

"여러 종류 중에 그런 얘기도 있는 듯하더군. 뭐, 초일류 암살자 집단이라는 녀석들이 있다고 해도 그 녀석들을 복종시킬 존재 따위가 어디 있겠나."

왠지 해당하는 사람을 한 명 잊고 있는 것 같은데…….

토코는 왠지 잔가시가 목에 걸린 것 같은 감각에 빠졌지만 금방 애초에 저승의 골짜기부터가 전설의 존재라는 사실을 떠올렸다.

실재하지 않는 것을 생각해봤자 소용없다며 생각을 관뒀다.

*

그날 밤 결국 무슨 일이 일어났는지는 모르겠다는 결론에 이른 후.

토코가 갑자기 무언가가 떠올랐다는 듯 공작에게 다른 이야기를 꺼냈다.

“그러고 보니. 그보다는 훨씬 눈에 띄지 않지만 인간들의 움직임도 좀 이상해.”

“무슨? ……그건 우리 가문의 첩보부도 파악하지 못했네만.”

“아니, 우리 쪽에서도 별것 아니라고 했는데.”

토코가 공작가 서재 벽에 걸린 지도를 톡 톡 톡 가리켰다.

“이 세 나라를 찾는 여행객이 왠지 좀 늘어난 것 같대.”

“여긴……세 나라 다 우리나라와 국교를 맺지 않은 소국이잖아.”

“맞아. 아까처럼 물자의 큰 이동이 있었다는 이야기도 아니고 우연히 여행객이 늘어날 타이밍이었을지도 모르지만.”

“딱히 신경 쓸 필요는 없는 거 아닌가?”

“뭐, 평소라면 그렇겠지.”

여행객 숫자를 추측하는 건 의외로 어려웠다.

정보가 적은 소국이거나 국교를 맺지 않은 나라라면 더더욱.

예를 들어 그 나라의 독자적인, 몇십 년에 한 번밖에 열리지 않는 축제가 있다거나.

혹은 대장로가 몇십 년 만에 교체된다거나.

그런 일이 있었다 해도 애초에 정보가 없으면 알 도리가 없으니까.

“하지만, 딱 하나 신경 쓰이는 점이 있어.”

“뭐지?”

“이 세 나라는 전부 내가 스즈하 오빠에게 정보 수집을 추천했던 나라거든.”

“……뭐라고……?”

공작의 뺨이 흠칫 경련을 일으켰다.

“먼저 확인하겠는데 그 남자는 세 나라에 입국했나?”

“난 몰라. 지금 현재 스즈하 오빠의 소식은 불분명하니까. 어디로 갔는지도 못 들었어. 뭐, 변경백령에 물어보면 알 수 있겠지만.”

“뭐, 그 남자니까. 무사하다는 건 틀림없겠지.”

그렇게 말하며 공작이 고개를 가로젓자 토코도 작게 탄식했다.

“하지만 스즈하 오빠니까 대체 무슨 일을 저지를지──.”

“흥. 그 남자를 정식 무대에 올린 건 그대야, 가능한 한 책임을 져야지.”

"뭐어?! 공작도 책임이 있잖아!"

"난 우리 가문에서 거둘 생각이었네. 밖에 풀어놓은 건 그대라고."

"아니, 그야 스즈하 오빠는 맹수가 아니니까."

"그런가? 그 남자 이상의 맹수를 난 본 적이 없는데."

"그건 나도 마찬가지지만——!"

뭐, 그건 그렇다 치고.

일단 스즈하의 오빠가 얽혀 있다면 그렇게 나쁜 일은 아닐 거라는 낙관적인 예측과 함께 그날의 밀담은 끝났다.

그리고 불과 며칠 후.

3개의 소국에서 나란히 드로셀마이엘 왕국으로 귀속을 원한다는 편지가 도착했고.

토코 여왕과 사쿠라기 공작은 어느 변경백의 이름을 외치며 절규했다.

2장 사쿠라기 공작령에서

1

메이드의 골짜기에서의 정보 수집은 수포로 돌아갔다.

그렇지만 앞으로도 정보가 있으면 그때그때 알려주겠다고 약속했기 때문에 그런 점에서는 수확이 컸다. 메이드의 인맥은 강하니까.

그렇기에 이번에는 어디로 향할지 의논하게 되었다.

"저기, 우리 본가로 가지 않겠어?"

"네? 그게 무슨——."

"아, 아니?! 결코 그런 떳떳지 않은 의미가 아니라!"

"——유즈리하 씨, 왜 당황하는 거예요? 수상해요."

그 이후 유즈리하 씨가 변명한 내용에 따르면.

유즈리하 씨는 오리할콘과 우뉴코가 발견됐을 때 사쿠라기 공작 본가에 자체적으로 조사를 해달라고 지시를 내렸다고 한다.

"역시 유즈리하 씨예요! 덕분에 살았어요!"

"그렇지, 그렇지? 직접 말하는 것도 좀 그렇지만 난 믿음직스러운 파트너니까. 하지만 여기서 한 가지 문제가 있어."

"뭔가요?"

"거리야. 영지에 있는 본가에서 아버님이 계신 왕도를 경유해서 로엔그린 변경백령까지 정보가 전해지려면 꽤 많은 시간이 필요하거든.”

“즉, 전해지지 않은 최신 정보가 있을지도 모르니까 지금 저희가 사쿠라기 공작령 본가로 가자는 뜻인가요?”

“맞아. 이해가 빨라 다행이야.”

“으음——. 확실히 메이드의 골짜기에서 가깝다고 치자면 가깝지만…….”

팔짱을 끼고 골똘히 생각하는 스즈하에게 소리 없이 다가온 카나데가 귓가에서 조용히 속삭였다.

“……메이드 토막 상식. 사쿠라기 공작령에는 유명한 온천이 있어.”

“!”

“1년 내내 수영복을 입고 혼욕 가능.”

“호, 호호호혼욕?!”

“피부 매끈매끈 미인의 온천. 밥도 맛있어.”

“오빠! 이번에는 꼭 사쿠라기 공작령으로 가야 해요!”

……아니, 뭐, 이의는 없으니까 상관은 없지만?

너무 쉽게 넘어가는 여동생의 장래가 살짝 걱정됐다.

*

여행 준비를 끝내고 내일이라도 출발하려는 타이밍에 낯익은 얼굴과 만났다.

“점원분?”

"응? 이런, 이런……."

행상 차림으로 메이드의 골짜기에 나타난 건 전날 만났던 점원이었다.

처음 만났을 때는 왕도 액세서리 가게 점원으로 일했던 초로의 신사였기에 점원분이라고 부르고 있다.

지금은 로엔그린 변경백령에서 장사를 하고 있는 트윈테일 마니아 상인이었다.

"이런 곳에서 만나다니 뜻밖이네요."

"참으로 그렇군요. 수상한 움직임이 있다는 이야기를 듣고 제가 직접 여기까지 출장을 왔는데……과연, 납득이 가는군요."

"그건 다행인 거죠?"

아무래도 그냥 행상은 아닌 듯했다.

수상한 움직이라는 게 무엇인지는 모르겠지만 장사와 관련된 이야기일 테니 내가 물어봤자 가르쳐주진 않겠지.

서서 이야기하는 것도 좀 그래서 신세를 지고 있는 집으로 안내했다.

"점원분은 메이드의 골짜기에는 자주 오십니까?"

"최근 몇십 년 정도 격조했지만 어릴 때는 자주 이 골짜기에 들르곤 했습니다. ──그렇게 골짜기에 있는 메이드를 다들 트윈테일로 만들기도 하고. 젊은 혈기의 소치라고 할까요."

"그, 그렇군요……."

너무 멀리 행상을 와서 스트레스라도 쌓였던 것일까.
문득 엿보이는 현시대의 어둠에 몸을 떨고 있자 메이드인 카나데가 스윽 차를 내밀었다.
"우오오오오오오오?!"
"변변치 못한 차지만."
"……이, 이 식인 호랑이는…… 여전히 노인의 심장에 나쁘군요……!"
"카나데는 기척을 숨기는 게 특기니까요."
"그게 이유는 아닙니다만……!"
이전처럼 카나데를 본 점원은 마치 사신이나 전설의 암살자라도 본 것처럼 기겁을 하며 깜짝 놀랐다.
뭐, 카나데가 트윈테일이라서 놀란 거겠지.
늘 생각하지만 이 점원은 트윈테일을 너무 좋아해.
차를 한 모금 마시고 진정을 되찾은 점원이 말했다.
"——그럼 자세한 이야기를 들려주시겠습니까?"
"무슨?"
"그야 당연히 이 메이드의 골짜기에서 변경백님께서 무슨 짓을 저지르셨는지 말입니다."
"아뇨, 딱히 아무 짓도 안 했습니다만?"
그러한 서론과 함께 이야기가 진행됐다.
메이드의 골짜기에는 오리할콘과 화이트 헤어드 뱀파이어의 정보를 찾으러 왔다는 것. 하지만 그건 헛수고였다는 것.
체류 중엔 메이드들의 훈련을 도와줬다는 것.

"……이 정도일까요."

"으음……골짜기의 메이드를 포섭하다니 역시 변경백님이라고 해야 할까요……하지만 그것만으로는 말이 안 맞는데……그 외에는 뭔가 없었습니까?"

"아뇨, 아무것도."

그렇게 말하자 웬일인지 점원이 의심쩍은 시선으로 바라보고 있었다. 실례잖아.

난 당신과 달리 골짜기의 메이드들을 전부 트윈테일로 만들려는 듯한 기행을 벌이지는 않았거든요?

"뭐든 괜찮으니까 떠오른 걸 전부 알려주시면 안 되겠습니까. 거기에 힌트가 숨어있을지도 모릅니다."

"그렇게 말씀하셔도……나머지는 제가 메이드의 골짜기의 이사장이 됐다는 것 정도밖에……."

"그겁니다!!"

의문은 간단히 해결된 듯했다.

"그, 그런데 어쩌다 그런 일이……?!"

"우리 메이드인 카나데 말로는 제가 골짜기의 메이드들의 주인님으로 인정받았다고 합니다. 그래서 다들 그렇게 말해준다면 저도 카나데를 통한 인연도 있고 이사장이라도 되어서 원조할까 해서."

"그러셨습니까……이 메이드의 골짜기의 이사장이……!"

"안 어울리죠? 지금도 거의 평민인데 이사장이라는 귀족 같은 직함은."

"당치도 않습니다! 메이드의 골짜기의 이사장엔 변경백님이 이 세상에서 가장 잘 어울리지요――아니, 오히려 변경백님 말고는 절대로, 절대로 생각할 수 없을 겁니다――!"

"아하하. 그렇게 말씀해주시니 기쁘군요."

정말 청산유수라니까, 이 점원. 진정 상인의 귀감이 된달까.

게다가 이 점원의 우수한 부분은 그 절묘한 표현이었다.

말로는 노골적으로 치켜세워주는데 엄청 엄숙한 말투.

지금 이사장이 됐다는 이야기에도 바야흐로 이 대륙을 뒤흔들 일대 사건!――처럼 극히 진지한 얼굴로 치켜세워줬다.

여기가 액세서리 가게였다면 나도 모르게 쓸데없는 것까지 사버렸겠지.

2

다음 날, 점원과 헤어져 메이드의 골짜기에서 출발.

골짜기를 벗어나 산을 2개 넘어 사쿠라기 공작가 영지로 향했다.

우리의 여행은 순조로움 그 자체였다.

그렇다 해도 트러블이 아주 없다고는 할 수 없었는데…….

메이드의 골짜기를 출발하고 며칠 후, 난 카나데의 모습이 왠지 이상하다는 걸 깨달았다.

메이드의 골짜기를 출발한 이후 계속 기분이 들떠 있었다.

"으――음……?"

기분 좋은 게 딱히 나쁜 일은 아니니까 내버려 둘까 망설였지만 스즈하와 유즈리하 씨가 다가와서는.

"왜 그래요, 오빠?"

"고민이 있다면 사소한 것이라 해도 털어놔. 왜냐하면 나, 나는 그대의 파트너니까!"

"아니, 별건 아닌데요."

숨길 일도 아니라 털어놓았다.

"카나데가 메이드의 골짜기를 나온 후 계속 들떠 있는 게 신경 쓰여서요."

"메이드의 골짜기를……? 하지만 오빠, 그건 당연한 거 아닐까요?"

"어째서?"

"메이드의 골짜기의 메이드들은 모두가 다 봉사 수행이니 뭐니 칭하면서 오빠에게 너무 들이댔으니까요. 카나데도 메이드의 골짜기에 있는 동안 표면상으로는 참고 있었지만 속으로는 분명 분노의 강을 건너고 있었을 거예요!"

"그건 스즈하의 감상 아니야……?"

"뭐, 스즈하의 말도 이해해. 나도 파트너와 함께 단련하고 파트너의 등을 지키는 훈련을 한 뒤 파트너에게 오늘 훈련 수고했다는 말과 함께 위로받은 후 직접 만든 요리와 마사지로 치유되는 시간이 사라져서 조금 울 것 같았거든.

하지만 이것도 부부 생활에서 아이가 10명 정도 태어난 경우의 시뮬레이션이라고 생각하면 자연스럽게 미소 짓게 됐지만.”

“그건 대체 어떤 시뮬레이션인가요……?”

유즈리하 씨도 참, 장래에 어디의 호걸과 결혼할 생각일까. 수수께끼야.

그렇다 해도 의문은 한 가지 풀렸다.

“과연. 스즈하와 유즈리하 씨도 메이드의 골짜기를 떠난 후 기분이 좋아진 이유가 그것이었군요.”

두 사람에 대해서는 이해할 수 있었다.

두 사람은 여기사니까 주변이 모두 메이드라면 숨이 막히는 부분도 있었겠지. 하지만.

“카나데는 메이드의 골짜기 출신이라고 했는데…….”

“하긴, 고향에서 떠날 때는 외로워지는 법인데.”

“이번에는 그대도 함께했으니 주인님을 못 만나서 쓸쓸했던 것도 아닐 테니까. 잘 모르겠어.”

그런 이유로 직접 카나데에게 물어보기로 했다. 그러자.

“좋은 거래를 했어.”

“거래? 누구랑?”

“행상 영감.”

과연. 그 점원이 어느새 카나데와 거래를 했던 모양이다.

“뭘 샀어? 메이드 업무와 관계된다면 돈은 내가 낼게.”

“주인님에게는 특별히 보여줄게.”

그렇게 말하며 카나데가 가슴골에 손을 찔러 넣었다.
"왜 카나데는 그런 장소에 뭐든 넣는 거야?!"
"메이드에게는 비밀의 보관 장소가 많아. 여긴 그중 하나……으쌰."
카나데가 꺼낸 건 예쁜 작은 병이었다. 안에 액체가 들어있는 게 보였다.
"그게 뭐야? 무슨 약 같은데."
"미약."
『——미약?!』
무심결에 소리쳤다가 스즈하와 유즈리하 씨와 하모니를 이루게 됐다. 두 사람 다 듣고 있었던 모양이다.
유즈리하 씨가 당황한 모습으로 외쳤다.
"그, 그그그그건 이른바 그거야?! 사용한 상대에게 반하게 된다는 그것!"
"댓츠 라잇."
"그렇게 귀중한 걸 어떻게……! 나조차 공작가 연줄을 이용해도 손에 넣을 수 없었는데……!"
"유즈리하 씨는 왜 미약을 입수하려고 한 거예요?"
그 옆에서 스즈하가 진지한 얼굴로 투덜거리며 끼어들었다.
"……그, 그 약만 있으면……! 하지만 오빠의 자유 의지를 빼앗는 건 나로서는 도저히 못 할 일……아니, 그 경우엔 불행한 사고였다는 걸로……!"

"스즈하는 날 대체 어떻게 하려는 거야?!"
"우뉴!"
"으앗?! 우뉴코, 마음대로 그 병을 열려고 하면 안 돼요!"
"위험해, 그 병은 일단 내가 맡아둘게!"
"유즈리하 씨에게 맡기면 나쁜 일에 손을 댈 것 같아서 위험해요! 지금은 제가!"
"스즈하의 입으로 그런 소릴 할 수 있을까?!"
"……카나데의 미약이야, 절대로 못 줘……!"
이러저러해서 천천히, 날 제외한 모두에 의한 미약 쟁탈전이 발발하고 말았다.

*

미약을 둘러싼 싸움은 저녁이 되어서도 아직 결판이 나지 않았다.
홀로 배제된 난 저녁으로 먹을 된장국 간을 보고 있었다. 딱 맞네.
"다들 이제 밥 먹자. 이제 그만——."
"주인님, 패스……!"
카나데가 비틀거리는 자세로 던진 작은 병은 나에게서 큰 궤도로 빗나갔고——.
"앗?!"

어떻게든 캐치한 건 다행이었지만 난폭하게 계속 다뤄진 작은 병뚜껑이 마침내 열렸다. 그리고 흩날린 내용물은 근처에 있던 스즈하와 유즈리하 씨에게——!

“으아앗?!”

작은 병 속 액체가 다 비워졌다. 내용물을 몸에 흠뻑 뒤집어쓴 두 사람을 보고 난 크게 당황해 달려갔다.

“두 사람 다 괜찮아?! 뭔가 몸에 이변은?!”

“……아뇨……? 아무렇지도 않은데요?”

“……그러게. 그냥 물을 뒤집어쓴 것 같은 느낌이야.”

“정말?!”

내가 거듭 확인해도 두 사람은 이상하다는 듯 고개를 갸웃거리기만 했다.

“실은 카나데가 속았고 그냥 색이 든 물이었나?”

“그렇지 않아. 이 미약은 틀림없이 진짜야.”

“그럼 왜 나랑 스즈하에게는 효과가 없어?”

“그건 간단해. 미약은 이미 반했을 때는 효과가 없어. 그게 상식.”

과연 그런 거였나?

즉 두 사람에게 효과가 없었던 건 두 사람 다 나에게 이미 반해서——.

……응……?

그건 즉 어떤 뜻이라는 거지……?

“——과연, 그런 거였나요? 즉 저와 오빠의 남매애가 깊은 탓에 미약이라는 사악한 약이 효과가 없었던 거군요!"

"나, 나도! 스즈하 오라버니와 운명의 빨간 실로 이어진 서로를 지켜주는 파트너라 당연히 미약의 효과가 없었던 거구나――!"

"유즈리하 씨. 얼굴이 새빨개졌어요."

"시, 시끄러워! 스즈하도 새빨갛잖아! 다리도 버둥거리고!"

――그런 일이 있었다는 사실을 훨씬 뒤에 들은 토코 씨는.

웃기다는 듯 미소 지으며 『절호의 기회니까 고백했으면 좋을 텐데, 정말 두 사람 다 찬스에 꽝이네!』라고 말했고.

유즈리하 씨가 『네가 할 말은 아니지!』라고 태클을 걸었다던가 뭐라던가――.

3 (아야노 시점)

솔직히 좀 더 하기 힘들 줄 알았다.

지금은 로엔그린 변경백령의 사무 업무를 몽땅 도맡은, 사쿠라기 공작가에서 파견된 관료군단.

우수한 인재를 보낼 거라는 건 처음부터 예상했다. 안 그러면 의미가 없었다.

사쿠라기 공작의 목적 중 하나는 로엔그린 변경백에게 생색을 내는 것이니까.

하지만 그렇기 때문에 자신은 배제될 거라고 아야노는 예상하고 있었다.

어쨌든 눈에 보이는 아야노의 후원자가 아무도 없었으니.

주위에서 보면 전부터 사무 업무를 담당했을 뿐인 사람으로 보일 테고, 횡령 행위 같은 건 하지 않았지만 본질적으로 뒤가 구렸다.

적어도 로엔그린 변경백이 성을 나가자마자 자신은 운이 좋으면 배제될 것이고 운이 나쁘면 저지르지도 않은 죄로 모함당할 거라 예상하고 있었다. 그런데.

"아야노 님, 지난주에 상담했던 고아원 문제 말입니다만——."

"아야노 님, 마법의 특수 음파에 의한 혈전용해작용 증강효과에 대해——."

"아야노 님, 웬타스 공국에 보낼 스파이 선정을——."

"아야노 님, 시간을 좀 내주셨으면 좋겠는데——."

"아야노 님——!"

……아무리 그래도 이상하다고 아야노는 생각했다.

왜 자신이 로엔그린 변경백령의 사무 업무 톱으로 인정받은 것인지.

일은 딱히 싫지 않았지만 예상 밖의 많은 일은 역시 피곤했다.

그런 아야노가 심야에 쌓인 업무를 해치우고 있자 똑같이 자주 자정이 지나서까지 업무를 보던 청년 관료가 뜨거운 녹차를 갖고 왔다.

"이거 드세요, 아야노 님."

"감사합니다."

수고한다고 웃어 보이는 그 청년 관료를 아야노는 물론 알고 있었다.

사쿠라기 공작가가 보낸 관료들의 총괄 담당자로 여기 오기 전에는 본가에서 집사장 보좌로 일하고 있었다고 한다.

집사장은 고용인들의 톱이며 그 보좌라면 당연히 사쿠라기 공작가의 차기 집사장 후보.

즉 현재 잘나가는 사쿠라기 공작가 소속의 젊은 관료들 중 톱이 틀림없었다.

그런 인간까지 변방인 로엔그린 변경백령으로 보냈으니 사쿠라기 공작이 공을 들였다는 것도 이해할 수 있었다.

"수고 많으십니다. 당신도 힘들죠?"

"아뇨, 아야노 님에 비하면 별것 아니죠. 뭐라 해도 아야노 님은 100명 분량의 업무를 하고 계시니까요."

"그건 과장이지만……이것도 예전보단 훨씬 나은 상황입니다, 변경백과 단둘이 했을 때는 엄청났으니까. 변경백이 예상외로 우수해서 다행이었지만요."

"호오. 저랑 비교하면 어느 쪽이 일이 더 빨랐나요?"

"당신은 사무 업무가 전문이잖아요. 변경백 쪽이 더 빨랐다면 큰 문제겠죠."

그런 농담을 나눌 정도로 사쿠라기 공작가 관료와 이야

기를 할 수 있게 된 현 상황이 아야노로서는 신기했다. 뭐, 이 녀석과는 이야기하기 편한 것도 있지만.

그래, 이 녀석이라면 물어봐도 화내지 않겠지——라고 문득 생각했다.

"하나 물어봐도 될까요?"

"뭐든 물어보시죠."

"왜 당신들은 날 배제하려고 하지 않는 거죠?"

그러자 청년 관료가 의아하다는 표정을 지었다.

"아야노 님은 배제되고 싶으십니까?"

"그런 건 아니지만 보통은 그렇게 하죠. 당신이라면 알 텐데요?"

"그런 말을 들으니 약해지는군요. 그럼 정확하게 대답해 드리죠."

청년 관료가 녹차를 홀짝거린 후 말했다.

"이유는 두 가지. 첫 번째는 일을 잘하는 인간을 배제하는 건 바보나 하는 짓이니까요."

"그렇죠. 안타깝게도 자주 있는 일이지만."

"그렇죠. 그리고 또 한 가지 이유는——아야노 님께선 로엔그린 변경백이 선택한 인간이기 때문입니다."

아야노가 눈을 끔뻑거렸다. 뭐라고?

"……무슨 말씀을 하시는지 잘 모르겠습니다. 제가 어울리지 않는 인간이라고 얼마든지 날조할 수 있었을 것 같습니다만."

"아야노 님. 실례지만 당신은 아무것도 모르시는군요."

청년 관료가 과장되게 고개를 가로 저으며 부정했다.

"아마 아야노 님은 로엔그린 변경백령을 사쿠라기 공작가가 실질적으로 지배하기 위해선 본인이 눈엣가시가 될 테니까 추방할 것이라고 생각하고 있는 것 같습니다만——."

"아니, 보통 그렇게 생각하잖아요?"

"아야노 님은 변경백을 전혀 모르시는군요."

"네……?"

"아시겠습니까? 현재 로엔그린 변경백은 쿠데타로 포로의 몸이 됐던 토코 여왕님을 목숨을 걸고 구한 구국의 영웅입니다. 그리고 오거의 이상 번식을 홀로 알아차리고 사쿠라기 공작가의 아가씨와 목숨을 걸고 섬멸해 이 대륙을 구한 영웅이기도 합니다."

"……."

"만약 로엔그린 변경백이 없었다면 틀림없이 드로셀마이엘 왕국은 웬타스 공국과의 전쟁에서 패배해 붕괴됐을 거고, 그 몇 년 후 대수해의 오거들 손에 대륙의 모든 인간들은 전부 죽임을 당했을 겁니다. 그런 이유로 변경백은 몇 겹의 의미로 우리에겐 생명의 은인이라고 할 수 있습니다."

"그렇군요……."

"그리고 생명의 은인이 선택했다는 건 그것만으로도 당연히 선택받은 인간을 최대한으로 존중할 이유가 되죠. 그분께 문제가 없다면 더더욱."

"과연……?"

듣고 보니 이치에 맞는 이야기라고 아야노는 생각했다.

변경백 본인을 자주 봐서 익숙한 사람 입장에서는 구국의 영웅이라 해도 도무지 느낌이 오지 않지만.

"즉 변경백의 권위가 없었다면 전 배제됐을 거라는 뜻인가요?"

"적어도 여왕파벌의 스파이라는 의심은 풀리지 않았겠죠. 그리고 그 경우에 어떻게 될지는 상상하신 그대로일 겁니다."

"뭐, 본인은 신경 안 쓸 것 같지만요."

"허. 변경백은 그런 타입인가요?"

"그렇죠. 일만 해주면 스파이도 대환영이라고 정색을 하면서 말할 것 같은 타입이죠."

"정말 포용력이 있으시군요. 정말 사나이 중의 사나이였어요."

"……그, 그러네요……?"

외모만 보면 무관보다 문관에 어울리지만.

"슬슬 자리로 돌아갈까요?"

"그러네요. 4일 연속 철야는 피하고 싶거든요."

그로부터 몇 년 후, 이 청년 관료는 어느 공국의 여대공에게 첫눈에 반해 그 자리에서 구혼하고 성대하게 차이게 됐지만.

그건 또 다른 이야기.

4

들판을 넘고 산을 넘어 도착한 공작령.

사쿠라기 공작령은 비옥한 토양에 풍족한 농작물의 질과 양 모두 국내 제일을 자랑하는 사쿠라기 대평원을 소유한 데다 은광과 참치 어항도 소유한 그야말로 치트 영지였다. 우리 같은 변방 영지와는 비교할 수도 없었다.

이건 시장에서 장을 보면서 자연스럽게 몸에 밴 지식이었다. 맛있어 보이는 음식은 전부 사쿠라기 공작령산이었으니까.

그런 걸 모르는 스즈하에게 사쿠라기 공작령의 위대함에 대해 설명하자 웬일인지 유즈리하 씨가 한심하다는 듯 바라보았다.

"……아니, 그대의 말은 전부 맞지만……세상에서 유일한 오리할콘 광맥을 보유한 그대에게 칭찬받는 것도 좀……."

"네? 오리할콘은 먹을 수 없잖아요?"

"당연하지. 그리고 음식이라면 얼마 전 병합된 캐런두령이 있잖아. 그곳엔 농작물도 해산물도 풍부해."

"아── 그러네요……하지만 그 영지는 원래 다른 나라

였고 언젠가는 웬타스 공국에 반환하고 싶은데요."

"그런 생각을 하고 있었어……? 세속에 때 묻지 않은 건 개인으로서는 미덕이지만 귀족으로서는 결점일 수 있어. 게다가 그런 건 불가능해."

"어째서죠?"

"그대가 통치한다는 안도감, 공평, 안전을 알아버리면 영민들이 납득할 리가 없으니까. 울부짖으면서 그대의 통치 속행을 열망하겠지."

"하하하, 말도 안 돼요."

"그럼 좋겠지만……."

*

이야기를 나누는 유즈리하 씨에게 웬일인지 이따금 어이없다는 시선을 받으며 오늘 묵을 숙소로.

그래. 산을 넘어 도로를 따라 나왔기 때문에 여기부터 사쿠라기 공작 본가까지는 여관이 있었다. 메이드의 골짜기를 나온 후 계속 노숙만 했지만 그것도 이제 끝. 얏호.

그리고 이 지방에서는.

살육의 전쟁 여신이자 사쿠라기 공작가 직계 장녀인 유즈리하 씨의 위세가 최대의 위력을 발휘하게 된다.

예를 들어 여관에 들어갔을 때.

"실례지만 오늘 하루 묵고 싶은데."

"네, 지금──우와아아아아앗?! (우당탕탕 쿠웅)"
"괘, 괜찮아?! 계단에서 굴러떨어진 것 같은데!?"
"괘, 괘괘괘괘괜찮습니다! 그, 그보다 당신은 혹시 그 전쟁 여신이자 사쿠라기 지방의 수호신이며 살아있는 무신, 유즈리하 여신님 아니십니까──?!"
"날 너무 많은 별명으로 부르지 마!! 이봐, 그보다 정말 괜찮아? 아니, 팔꿈치가 돌아가서는 안 되는 방향으로 돌아가 있는데?!"
……뭐, 하나를 보면 열을 아는 그런 상태였다.
마을 문지기도 경단 가게 주인도 여관 주인도 유즈리하 씨의 모습을 본 순간 마치 여신이 강림한 듯한 반응을 보였다.
덕분에 겨우 여관방에 들어왔을 때는 다들 녹초가 되어 있었다.
"……다들 미안해. 나 때문에."
"아뇨, 아뇨, 유즈리하 씨 때문이 아니에요."
"오빠 말이 맞아요. 그건 그렇고 유즈리하 씨는 굉장히 인기가 많으시네요."
"뭐, 이 마을은 국경과 가까우니까."
그 이후 유즈리하 씨가 해준 말에 의하면.
이 마을은 지금이야 평화롭지만 이전에는 로엔그린 변경백령처럼 타국과의 전쟁에선 최전선에 가까웠다.
그 최전선에서 유즈리하 씨는 몇 년이나 여기사로서 싸

웠다고 한다.

그리고 절체절명의 위기를 고군분투의 활약으로 몇 번이나 구해낸 결과.

유즈리하 씨는 이 땅에서 수호 여신 같은 존재가 되었다――고 한다.

"하지만 뭐, 지금은 그들의 마음도 이해해."

유즈리하 씨가 쓴웃음을 지으며 이야기를 이어나갔다.

"그 오랜 전쟁으로 난 몇백 명――어쩌면 몇천 명의 아군 병사를 구했어. 게다가 내가 전투에서 적군을 없애버리면서 구한 병사를 더하면 구한 병사의 수는 족히 몇만 명은 될걸. 다들 굉장히 고마워했어."

"병사들의 가족까지 합치면 십만 명은 가볍게 넘어서겠네요."

"그래. 하지만 당시의 난 그런 건 같은 군의 병사로서 당연하다고 생각했어. 그래서 이상했지. 왜 다들 나에게 이 정도로 고마워하는지."

거기서 유즈리하 씨가 웬일인지 내 쪽을 보면서.

"내가 그 입장이 된 후 겨우 깨달았어."

"그런가요?"

"그래. 스즈하의 오라버니도 정말 생명이 위태로울 때 도움을 받아보면 알게 될 거야. 본능이야――정신을 차려보면 생명의 은인을 보고 있고 틈만 나면 어떻게 하면 은혜를 갚을 수 있을지만 생각하고 생명의 은인이 어떤 타입의 이성을 좋아하는지가 신경 쓰이고——어느 날 그게 은혜 갚는 건 명목일 뿐, 좀 더 일반적이고 보편적인 감정이라는 걸 깨닫게 되지."

"그건——."

"비밀이야."

유즈리하 씨는 그렇게 말하며 윙크를 보냈다.

"여하튼 난 그대의 등 뒤를 계속 지키며 언젠가는 그대의 생명을 구할 예정이니까. 그때 아아, 이런 거였구나, 하고 깨달으면 돼."

"……."

"잘 들어, 그댄 나의 생명을 수도 없이 구해줬어. 그러니까 기억해두는 게 좋아. 난 그대가 내 생명을 구했다는 사실을 평생 잊지 않을 거라는 걸……."

결국 나에게 그 감정이 무엇인지 알려주진 않았지만.

나에게 『기억해두는 게 좋아』라고 말한 유즈리하 씨는 마치 따뜻한 양지처럼 부드러운 미소를 띠고 있었다.

그러니 분명 굉장히 멋진 감정일 거라고 생각했다.

5

사쿠라기 공작령에 들어간 후.

유즈리하 씨는 각지 마을에서 폭풍 같은 환영을 받았다.

이제 슬슬 진절머리가 날 무렵에야 드디어 사쿠라기 공작령의 중심에 올 수 있었다.

거리의 중심에 우뚝 선 거대한 궁전이 사쿠라기 공작 본가였다.

유즈리하 씨가 돌아온다는 정보는 이미 알려진 듯, 우리가 본가에 도착했을 때 이미 정문은 열려 있었고 공작가 집사장이 공손하게 허리를 굽혀 인사했다.

게다가 문에서 안쪽으로 이어지는 길 좌우로 고용인들이 쭉 서서 모두가 깊이 고개를 숙이고 있었다.

참고로 집사장은 저택의 집사나 메이드들을 통솔하는 고용인의 정점을 가리킨다고. 유즈리하 씨에게 들었다.

"유즈리하 아가씨, 잘 오셨습니다."

"아, 세바스찬, 스즈하의 오라버니 앞이야. 이제 『아가씨』라고 부르지 마."

"실례했습니다. 손님 여러분들께서도 잘 오셨습니다."

그렇게 말을 건넨 집사장은 올백의 흰머리와 코 밑에 살짝 난 수염이 굉장히 잘 어울리는 정말이지 댄디 그 자체인 백발 신사.

이게 역사가 있는 공작가의 집사장이구나……하고 감탄했다.

분명 웬만한 귀족보다도 관록이 있을 거야. 분명.

*

안내받은 응접실은 공작가 본가라는 이미지에 비해 꽤 조촐하고 아담했다.

참고로 로엔그린 성의 응접실은 정말이지 호사스럽고 널찍해 몇백 명의 손님도 문제없다는 느낌이었는데. 장식품도 선대 변경백 무렵 그대로라 나에겐 너무 반짝이는 건 아닌지 생각한 적도 있었다.

반면 공작가 본가 응접실은 넓이 면에서는 그 정도는 아니었다.

평소 쓰는 도구들도 별로 눈에 띄지 않고 심플했지만 자세히 관찰해보니 질 좋은 소재나 섬세한 세공이 되어 있다는 느낌이라 싫지 않았고 호감이 생겼다.

뭐랄까, 방 전체가 따뜻하게 손님을 맞이하고 있다는 그런 배려가 전해지는 굉장히 멋진 방이었다.

"어때, 이 방은 마음에 들어?"

"네. 굉장히."

로엔그린 성과는 굉장히 다르다는 감상을 늘어놓자 대답이 돌아왔다.

"선대 로엔그린 변경백은 악취미를 가진 남자였으니까. 일이 정리되면 성의 미술품을 바꿔도 돼——하지만 그대는 역시 보는 눈이 있어."

"네?"

"이 응접실은 특별히 친밀한 손님을 맞이할 때만 사용하거든."

"……네?"

"그대의 말대로 여긴 공작가 본가야. 그야말로 천 명이 파티를 즐길 수 있는 대강당도 왕족이 장기간 체류할 수 있는 귀빈실도 중요 인물을 초대했을 때 사용하는 회의실도 완비되어 있어."

"네에."

"그 모든 방 중에서 이 방은 특히 더 조촐하고 아담하고 가구도 심플하지만 그 대신 엄청 고급이지——화려한 겉모습에 매혹당할 어리석은 자는 결코 들이지 않아."

"네?"

"사용하는 빈도도 극히 적어. 이 응접실에 초대되는 건 우리 공작가와 가족처럼 친하거나——혹은 꼭 친해지고 싶다고 열망하는 상대뿐이니까. 왕족조차 토코 이전에 초대된 건 선선대 국왕까지 거슬러 올라가야 해."

"……저기, 그런 방에 저 같은 게 들어와도 되나요?"

"당연하지. 이 방에 귀족을 초대한 건 사쿠라기 공작가가 그자를 전면적으로 지지한다고 표명하는 것과 똑같지만 애초에 그대를 후원하는 건 이미 떠들썩하게 알려져 있어. 게다가 잊었을지도 모르지만 그댄 나의 생명의 은인이라고? 그런 상대에게 최상급 대접을 못 하는 귀족은 짐승만도 못한 귀족이지."

"그런 건 신경 안 써도 되거든요?!"

"그대는 그렇게 말하지만 이쪽 마음의 문제니까. 포기하고 대접을 받아줘."

그런 말까지 들으면 반박할 수도 없었다.

"……그럼 죄송합니다만 염치 불구하고 호의를 받아들이도록 하겠습니다."

"으음. 그렇게 해."

내가 인사를 건네자 유즈리하 씨가 기쁘다는 듯이 미소 지으며 고개를 끄덕였다.

역시 유즈리하 씨는 멋있구나.

"우뉴!"

"왜 그래, 우뉴코?"

"우뉴! 우뉴!"

뒤에서 대기하고 있던 카나데 머리 위에 올라가 있는 우뉴코가 몸짓 손짓으로 뭔가 전하려고 했지만――잘 모르겠다.

"그건 중요해. 확인할 필요가 있어."

카나데가 우뉴코의 말에 대답했다. 내용을 이해하고 있는 듯했다.

"카나데, 뭐라고 한 거야?"

"우뉴코는 말했어. 그래서――저녁은 기대해도 되는지."

"그거였어?!"

"굉장히 중요한 일이지. 카나데도 신경 쓰여."

"오빠. 저도 신경 쓰여요."

"……저기. 정말 죄송합니다, 유즈리하 씨."

"하하, 괜찮아. 말했잖아? 이 방으로 안내된 이상 사양 따위 할 필요 없다고. 게다가 우리 고용인들은 우수하니까 분명 진수성찬을 준비하고 있을 거야."

"우뉴!"

"오빠, 전 해산물이 나왔으면 좋겠어요."

"카나데도. 계속 산을 걸었으니까 맛있는 생선이 좋아."

"……유즈리하 씨, 정말 죄송합니다. 로엔그린 변경백령으로 돌아가면 두 사람에게는 단단히 타이르겠습니다……!"

"그, 그래……? 난 전혀 신경 쓰지 않지만 뭐, 적당히 해줘……."

돌아가면 한 달 동안 두 사람 다 곤약 축제.

그렇게 결심한 나였다.

——참고로 그날 저녁 식사는 우리의 예상을 배신했다.

아니, 기대를 훨씬 뛰어넘는 것이었다.

"주인님으로부터 변경백의 식사 취향은 들었습니다."

그렇게 말하며 집사장이 안내해준 몇백 명이 한 번에 식사할 수 있는 커다란 홀.

그곳에 있는 테이블 위에 빈틈없이 놓여 있던 건——내 용물이 가득 찬 초밥 그릇.

앞에 있던 집사장이 우리 쪽으로 뒤돌아보자 식당에 있던 메이드들이 그 뒤로 깔끔하게 줄을 섰다.

"——초밥 삼매경입니다."

집사장이 짝짝 박수를 친 후 손을 펼침과 동시에 일제히 모두 무릎을 굽혀 인사를 했다.

『……!!』

스즈하 일행이 표현할 수 없을 정도의 기쁨으로 떨고 있는 걸 곁눈질로 보면서.

공작가는 고용인도 포함해 정말 대단하구나, 하고 새삼스럽게 감탄했다.

6

당연하게도 날 제외한 스즈하와 카나데와 우뉴코는 죽을 만큼 먹었다.

아니, 정말 이미 인간의 한계에 도전하는 건 아닐까 할 정도로 먹어치웠다. 그야말로 체력의 한계, 새하얀 재가 될 때까지 먹었다.

그런 이유로 세 사람은 공작가 고용인들에 의해 침실로 옮겨졌다. 지금쯤은 부푼 배를 드러낸 채 잠들어 있겠지.

……아니, 나도 물론 함께 한계까지 먹고 싶었지만.

이번에도 눈앞의 유즈리하 씨를 무시하고 초밥을 먹어치울 수는 없었던 난 눈물을 삼키며 먹는 양을 줄였다.

그리고 약 3명이 미친 듯이 먹어치운 탓에 테이블에 꽉 차 있던 초밥 그릇 속 내용물도 알맞은 시기에 전부 비워졌다.

식후 차라도 한잔하는 게 어떻겠냐는 극히 귀족다운 권유를 유즈리하 씨에게 받고 나와 유즈리하 씨는 커피룸으로 장소를 옮겼다.

참고로 커피룸은 그 이름 그대로 커피를 즐기기 위한 전용 룸으로 그런 곳까지 있는 공작 저택은 대체 전부 다 해서 어느 정도의 방이 있는 것인지 전율이 일었다. 더구나 이 옆방은 당구대가 있는 방이라고 했다. 정말 어느 정도인 거야?

"어느 방으로 할지 망설였는데."

유즈리하 씨가 손수 커피를 타주면서,

"일반적으로 초밥을 먹은 뒤에는 뜨거운 녹차가 잘 어울리지만 가끔은 다른 분위기에서 이야기하는 것도 좋을 것 같았어. 어쨌든 로엔그린 성에선 그대가 매일 뜨거운 차를 타줬으니까. 여자인 내가 너보다 차를 잘 못 타면 폼이 안 나잖아?"

"그렇지 않아요."

"뭐, 그래서 우리 저택에서 자랑하는 커피룸으로 초대했다는 거지. 이 방도 아까 응접실 정도는 아니지만 상당히 중요한 손님이 아니면 들어오게 하지 않거든? 초대 사쿠라기 공작이 가장 좋아했던 방을 막대한 돈을 들여 억지로 옮겨 지을 정도니까."

"그렇군요."

초대 사쿠라기 공작이 어느 정도 이전의 사람인지는 모

르겠지만 유즈리하 씨의 말투로 봐선 분명 이 방은 문화재급 예술품임이 틀림없었다.

모처럼이니까 자세히 봐둬야지.

"드디어 단둘이 남았네."

"정말 죄송합니다. 정말 그 세 명한테는 따끔하게 말해둘 테니까 적어도 엄벌만은 좀 봐주시면 안 되겠습니까――?!"

"아니, 아니, 왜 물 흐르듯이 무릎을 꿇는 거야?! 고개를 들어!"

"조금 전 일도 포함해서 한번 제대로 사죄해두려고요."

"참나. 아까도 말했잖아, 난 하나도 신경 안 쓴다고. 그런 초밥 따위 아무리 많이 먹어도 우리 공작가의 주머니 사정에는 전혀 타격이 없으니까. 게다가 난 기뻤는걸?"

"기뻤다고요?"

"그래. 스즈하랑 다른 애들이 쓰러져버리면 내가 그대를 독차지할 수 있으니까――아니, 이게 아니라 가끔은 마주 앉아서 너랑 이야기를 나누고 싶었으니까."

그 이후 우리는 많은 이야기를 나눴다.

왕가나 토코 씨에 대해, 로엔그린 변경백령에 대해, 유즈리하 씨의 아버님인 사쿠라기 공작에 대해.

머지않아 화제는 지금 있는 사쿠라기 공작 본가로 이동했다.

"――그건 그렇고 이 저택은 정말 멋지네요."

"그렇게 생각해?"

"물론 건물도 식사도 최고지만 무엇보다 일하는 분들이 정말 좋은 사람들뿐이라. 다들 미소도 멋지고 일도 재빠르고 정확하고 스즈하가 너무 많이 먹어서 쓰러져도 완벽하게 부축해주고."

"후훗, 고마워. 다른 누구도 아닌 그대가 고용인들을 칭찬해주니까 왠지 낯간지러운데. 집사장인 세바스찬을 필두로 모두 우리 공작가의 자랑이야."

"집사장 말입니까?"

"집사장은 중요해. 뭐니 뭐니 해도 고용인들의 주축이자 수습 역할을 맡고 있으니까."

"으음……우리 성에도 고용하는 게 좋을까요?"

"어려운 부분이네. 집사장은 중요한 존재라 무능한 사람을 고용하면 좋을 게 없거든. 집사장은 당주를 대신해 영지 경영을 하는 경우가 많은데 그렇게 한 결과 집사장이 오랫동안 부정 축재를 저지르는 일이 일상다반사야. 집사장의 통치가 무능해서 반란이 일어나거나 심하면 영지째로 적국에 빼앗기기도 해."

"우와아……."

"그렇게까지 가지 않아도 집사장은 다른 고용인의 채용이나 교육도 담당하니까. 집사장이 우수하면 고용인들도 우수하고 집사장이 무능하면 고용인들도 무능할 수밖에 없지."

"즉 사쿠라기 공작가의 집사장인 세바스찬 씨는 굉장히

우수하다는 뜻이군요."

그렇게 칭찬하자 웬일인지 유즈리하 씨가 뭐라 형용할 수 없이 언짢은 표정을 지었다.

뭐랄까, 사실이지만 솔직하게 인정하고 싶지 않은 그런.

"저기, 유즈리하 씨……?"

"아아, 미안해. ――세바스찬은 확실히 엄청 우수한 데다 일도 열심히 하지만 어떻게 할 수 없는 못된 버릇이 있거든."

"못된 버릇?"

"일을 다른 사람들에게 떠넘겨. 그것도 부하뿐만 아니라 이용할 수 있다면 당주 이외에는 누구나 이용하지. 실제로 8년 전 당시 10살이었던 날 군대에 보낸 건 그 녀석이야. 이대로면 전쟁에 질지도 모른다면서."

"진짜요……?"

"그 결과 난 어떻게든 살아남았고 이 나라는 아직도 이어지고 있어. 즉 세바스찬은 어떤 의미에선 구국의 영웅이야. 그대의 경우와 달리 더할 나위 없이 괘씸하지만."

"히이익……."

"그대도 조심해. 세바스찬은 아버님을 제외한 모두를 혹사시키니까. 만약 그대가 일을 부탁받아도 온 힘을 다해 거절해. ――이거 봐, 바로 등장했네."

유즈리하 씨가 투덜거린 직후 작은 노크 소리가 방에 울려 퍼졌다.

"환담 중에 죄송합니다."

"세바스찬, 무슨 일이지?"

"변경백께 일행분들의 상태를 보고하기 위해 왔습니다."

그렇게 말하며 들어온 집사장은 스즈하 일행이 깊이 잠들었다고 알려줬다. 이대로 아침까지 재울 생각이라고.

"죄송합니다, 민폐를 끼쳐서."

"아뇨, 아뇨, 당치도 않습니다. 준비해드린 저희들도 기쁠 만큼 드셔주셔서 무심코 미소까지 짓게 되었습니다."

"그렇게 말씀해주시니 감사합니다."

"그런데 변경백께서 굉장히 강하시다는 소문을 들었습니다만——."

"잠깐, 스즈하의 오라버니는 나의 소중한 손님이야. 혹사시키는 건 용서 못 해."

"당치도 않습니다. 하지만 아가씨께서 갑자기 오셨기 때문에 정보 수집을 떠난 자가 돌아올 때까지 다소 시간이 걸립니다. 그동안 변경백께선 심심풀이 삼아 다소 운동을 해보시는 게 어떨까 해서."

"아, 네."

내 대답에 고개를 끄덕이며 집사장이 커피 테이블 위에 지도를 펼쳤다.

"이게 사쿠라기 공작령의 영내 지도입니다. 점을 찍은 곳이 현재 도적이나 마수 대처가 필요한 지점이지요."

과연.

즉 나에게 도적과 마수를 퇴치해달라는 뜻이구나.

"잠깐, 세바스찬! 정보가 모일 때까지 스즈하의 오라버니는 나와 혼욕온천에 가서 꺄아 꺄아 우후후 할 예정인데……!!"

"그건 끝나고 가십시오. ──아가씨께서 어느 장래성 발군인 변경백 곁으로 가셔서 도무지 돌아오시지 않은 탓에 아가씨께서 토벌해주실 예정이었던 도적이나 마수들이 쌓여 있단 말입니다."

"으윽. 그 말을 들으면 약해지는데……."

"토벌이 필요한 지점은 전부 88곳입니다."

"규모는 어느 정도인가요?"

"도적은 몇십 명에서 많으면 백 명 정도. 마수는 독립된 개체로 코카트리스나 펜리르, 크라켄 등이 보고되고 있습니다."

마수는 전부 내가 아는 종류였다.

코카트리스는 거대한 닭 같은 마수고 펜리르는 거대한 늑대, 크라켄은 거대한 오징어였다.

전부 나름대로 강하지만 오거처럼 무리 지어 다니지 않기 때문에 토벌은 힘들지 않았다. 그리고 전부 다 굉장히 맛있다.

아주 예전에 한번 먹어봤지만 크라켄 회는 최고였어……츄르릅.

"어떠십니까? 가능하시다면 로엔그린 변경백, 이 중에

서 두세 곳 정도 토벌해주신다면 굉장히 도움이 될 것 같습니다만――."

"전부 하겠습니다!"

""푸읍?!""

어쩐지 유즈리하 씨와 집사장이 깜짝 놀랐다.

하지만 여기서 물러나면 안 돼.

난 맛있는 마수를 먹고 싶다는――그런 욕망이 없는 것처럼, 어디까지나 선의로 토벌을 제의하는 거니까!

토벌한 뒤에 나오는 고기는 아까우니까 우리가 맛있게 먹겠지만!

마수 고기는 저장이 어렵고 그 자리에서 먹는 게 제일이니까 어, 어쩔 수 없잖아!

나의 의협심 넘치는 제의에 압도된 것인지 집사장이 당황한 모습으로 물었다.

"그, 그래도 상대는 코카리스트나 펜리르입니다만……?"

"알고 있습니다. 다들 굉장히 맛있는――아니, 잘못 대처하면 목숨조차 위험한 강적입니다. 하지만 그렇기 때문에 여기서는 제가 퇴치해야 합니다!"

"그, 그……렇습니까……? 하지만 무리하실 필요는……?"

"아뇨! 유즈리하 씨에게는 계속 신세만 지고 있으니까 이럴 때 공작가 여러분께 은혜를 갚아야죠!"

"그, 그럼……잘 부탁드립니다……?"

그런 이유로.

눈이 돌아간 집사장에게 보기 좋게 모든 지점의 토벌 의뢰를 얻어냈다.

아니, 남을 도와주는 건 정말 좋은 일이죠.

7 (유즈리하 시점)

사쿠라기 공작가 본가에도 당연히 유즈리하의 침실은 있었다. 방이 많이 남으니 쓰지 않게 된 방을 굳이 정리할 필요가 없었다.

그날 밤, 몇 년 만에 본인의 침실로 들어온 유즈리하는 기억 속 침실과 무엇 하나 변하지 않았다는 사실에 미소 지었다.

"──유즈리하 아가씨. 잠시 시간 괜찮으십니까?"

"들어와. 어차피 올 것 같아서 아직 옷도 안 갈아입었으니까."

"실례합니다."

방으로 들어온 건 집사장인 세바스찬이었다.

"무슨 일……이냐고 물을 것까지도 없나?"

"살피신 대로 변경백의 일로 왔습니다."

"좋아. 난 스즈하 오라버니의 파트너니까 얼마든지 이야기해줄게. 긴 밤이 되겠는걸."

"아뇨, 아가씨의 망언은 아무래도 상관없습니다만."

"넌 정말 여전하구나……."

"이제 와서 아가씨 비위를 맞춰봤자 별수 없으니까요."

뭐, 그건 그렇지.

상담료로 집사장 세바스찬이 갖고 온 와인을 잔에 따라 한 모금 마신 후 말했다.

"하지만 뭐, 내 파트너는 정말 대단한 남자야. 지금까지의 인생에서 세바스찬이 터무니없이 큰 실수를 하는 모습은 처음 봤어."

"무슨 말씀이신지?"

"아직 모르겠어? 스즈하의 오라버니에게 그리 쉽게 토벌을 의뢰한 점. 그것이야말로 만회할 수 없는 실수였어."

"……무슨 뜻입니까……?"

집사장인 세바스찬이 모르는 것도 당연하지. 어쨌든.

"저기, 세바스찬. 코카트리스든 펜리르든 크라켄이든 상관없지만 네가 마수의 거점 한 곳에 준비하는 병력은?"

"아가씨를 단장으로 정예 병사 100명을 2주 동안. 그 정도겠죠."

"그럼 반대로 내가 없다고 가정하면?"

"속수무책이겠죠. 아가씨처럼 차원이 다른 압도적 전투력의 소유자가 없다면 애초에 마수와 싸우지 않습니다."

"그럼 마지막으로 스즈하의 오라버니가 혼자서 간다면?"

"지금까지 모인 정보를 종합해보면――마수 한 마리는 준비 기간 포함해 일주일 정도면 쓰러뜨릴 수 있지 않을까 하는데."

"자, 그게 큰 실수야."

유즈리하가 눈앞에 손가락을 3개 펼쳤다.

"3주입니까?"

"아니, 3분이야."

"——?!"

"코카트리스도 펜리르도 스즈하의 오라버니가 진심으로 덤비면 3분 안에 날아가 버리겠지만 실제로는 10분 정도 살아있지 않을까? 스즈하의 오라버니는 마수를 최대한 맛있게 먹기 위해 가능한 한 상처를 내지 않고 쓰러뜨릴 테니까."

"그건 즉, 마수를 상대로 힘 조절을 할 거라는……?"

"결과적으로는 그렇지만 본인 입장에선 아니야. 오히려 사냥과 똑같은 감각이지."

"……저기, 그분은 그 정도까지……강한 겁니까……?"

유즈리하가 분석하기에 스즈하 오빠의 전투력은 과소평가된 경향이 강하다.

그것에는 다양한 원인이 있다.

본인이 평민 출신이라는 것. 겉모습이 극히 평범한 청년이라는 것.

본인 성격상 자신의 활약을 퍼뜨리지 않고 때로는 없었던 일로조차 하려고 하는 것.

살육의 전쟁 여신이라는 별명으로 불리는 자신이 늘 근처에 있다는 것.

그리고 무엇보다.

스즈하의 오빠가 남긴 많은 전설들이 너무나도 대단하다는 것――.

"한 번이라도 눈앞에서 진짜 전투를 보면 싫어도 깨닫게 되지만. 안 그러면 나나 근처에 있던 아마조네스가 도와주고 있다고 생각하게 되지. 하지만 그럴 리 있겠어? 스즈하네 오라버니의 전설은 전부 그 남자가 혼자 만들어 낸 거야."

"그렇습니까……?"

"세바스찬도 무의식중에 그렇게 생각하고 스즈하 오라버니의 전력을 계산했지? 하긴, 바보들 중엔 지금도 내가 더 강하다고 착각하는 녀석도 있어. 물론 그에 비하면 넌 좀 나은 편이지만."

"……저의 어리석음이 부끄럽기만 하군요……."

진심으로 풀 죽은 세바스찬이라는 참으로 레어한 모습을 보고 만족한 유즈리하가 말을 이었다.

"또 하나는 도적단이지. 이쪽은 좀 더 간단해."

"어째서죠?"

"스즈하의 오라버니에겐 지명도가 전혀 없으니까."

스즈하의 오빠는 대륙 귀족계에 이름이야 널리 알려져 있지만 얼굴은 아직이었다.

서민들에겐 이름조차 거의 알려져 있지 않다.

그리고 도적단을 토벌할 경우에 가장 성가신 게 녀석들

이 이쪽 전력을 보고 숨거나 도망치거나 농성을 하는 것이었다.

도적단이 아예 작거나 크면 또 낫지만 최악인 건 교활한 리더의 지휘 아래 있는 몇십 명 규모의 도적단.

이 규모라면 곳곳에 파수꾼을 세울 수 있고 양동 작전을 실행할 정도의 인원도 되며 아지트에 농성해도 충분한 식재료를 확보할 수 있고 여차하면 아지트를 버리고 뒤쪽으로 도망치는 것도 용이하니 섬멸하기 어려웠다.

섬멸하려고 공작군을 보내면 대군을 보고 냉큼 도망칠 거고.

그렇다고 유즈리하를 보내면 한순간에 얼굴을 들켜서 당장에 도망치겠지.

"——하지만 스즈하의 오라버니는 겉모습이 그저 같잖은 오빠 같으니까."

"게다가 그 옆에 스즈하 님이 계시면——."

"그 정도의 미모와 스타일이니까. 귀족에게 팔면 적어도 도적단 전원이 평생 놀고먹을 수 있는 돈, 잘하면 소국조차 살 수 있는 돈이 들어와. 그러니까 덮치려고 하겠지. 참고로 로리 거유 미소녀 메이드까지 있으면 배율은 쭉 오를걸."

"2배가 되는 거니까요……하지만 변경백께서 계신 한 결코 습격당하지 않을 거라는 겁니까?"

"뭐, 스즈하 혼자라 해도 도저히 불가능하겠지만."

"즉 어떤 도적단도 먼저 태연히 나와서 디 엔드라는……."

"그런 거지."

고개를 끄덕이며 유리잔의 와인을 한 모금 마셨다.

목을 축인 유즈리하는 아직 말할 생각이 차고 넘치는 듯했다.

*

그리고 4시간 후.

날짜는 한참 전에 바뀌었다. 얼마나 자신이 스즈하 오빠의 뒤를 끝까지 지킬 유일한 존재인지를 끝없이 계속 이야기하던 유즈리하가 문득 시계를 보고 손뼉을 쳤다.

"벌써 이런 시간이야? 이야기를 되돌려야겠어."

"그, 그렇습니까……어디까지 돌아가실 건가요……?"

"세바스찬이 저지른 실패는 마수 퇴치라는 손쉬운 일에 스즈하의 오라버니라는 카드를 쓴 거야. ——나의 파트너에게 일을 시킬 거라면 좀 더 긴급한 동시에 아무도 대처 못 할 만한, 그럼에도 내버려 두면 파멸할 사태에 보내는 게 제일이야. 스즈하의 오라버니가 아니라도 할 수 있을 법한 일을 시키기엔 그 남자의 능력이 너무 아까워."

"그런 비상사태가 연달아 일어나는 것도 곤란합니다만……?"

"그렇다 해도 마수 퇴치는 명확한 피해가 생기지 않는다면 한가할 때 하면 돼. 그러니까 세바스찬도 지금까지 방치해둔 거잖아. 그리고 위급할 때를 위해 우리는 부지런히 스즈하의 오라버니에게 계속 은혜를 베풀어야 해.”

유즈리하가 얌전한 얼굴의 집사장을 향해 지시를 내렸다.

“그러니까 사쿠라기 공작가의 직계 장녀로서 명할게. 스즈하에게 드레스라도 보내.”

“무슨 말씀이신지……?”

“세바스찬이 88곳의 토벌을 부탁해서 스즈하의 오라버니에게 또 큰 빚을 지게 됐잖아. 적어도 공작가로서 성의는 보여야지. 스즈하의 오라버니에게 직접 선물을 하려고 해도 음식 이외에는 기본적으로 민폐라고 생각하니까.”

“과연, 그런 뜻이셨습니까?”

“스즈하도 최근에 가슴이 또 커져서 옷 때문에 고민이라고 투덜댔으니까. 분명 기뻐할 거야.”

“아니……하지만 지금 로엔그린 변경백 가라면 드레스는 몇백 벌이든 쉽게 살 수 있는 재력이 있을 텐데요…….”

유즈리하가 아무것도 모른다고 어깨를 움츠렸다.

“직접 고른 드레스랑 다른 사람이 선물한 드레스에는 큰 차이가 있어. 적어도 스즈하에게는.”

“호오?”

“사실은 오라버니에게 보여주고 싶지만 스스로는 부끄러워서 못 고를 법한 섹시한 드레스도 공작가에서 선물 받으면 핑계를 댈 수 있잖아?”

"과연……그건 이치에 맞는군요."

"잘 들어, 세바스찬, 미리 말해두겠지만 실수로라도 네 이름은 말하지 마. 어디까지나 공작가에 옷을 납품하는 여성 디자이너가 우연히 섹시한 드레스를 골랐다는 그런 명목으로 선물해. 사쿠라기 공작가의 남자가 스즈하에게 추파를 던진다고 생각하게 되면 최악이니까. 역효과도 그런 역효과가 없을걸."

"그 점은 알고 있습니다."

"다만 그 경우엔 애초에 스즈하가 받지 않겠지만——."

그 이후로도 유즈리하에 의한 스즈하 오빠에 대한 해설이니 대응 비법이니 전설의 목격 자랑이니 앞으로의 포부 등등이 뒤섞인 긴 이야기가 이어졌고.

겨우 끝났을 무렵에는 이미 하늘이 밝아져 있었다.

8

다음 날, 우리는 바로 마수 토벌에 나섰다.

왜냐하면 이대로 있다간 매일 초밥 퍼레이드나 아니면 참치 대감사제, 고기의 끝 선수권처럼 대단한 음식이 거센 파도처럼 밀어닥칠 위험성을 느꼈기 때문이다. 그렇게 되면 우리는 두 번 다시 사쿠라기 공작 본가에서 나갈 수 없는 몸이 될 것이다. 공작가의 재력을 얕봐선 안 된다.

그리고 또 하나의 이유는 마수가 누군가에게 토벌되기

전에 토벌하려는 의도.

이것 또한 맛있는 마수를 세상 사람들이 내버려 둘 리 없다고 생각하면 당연한 것이었다.

이런 이유로 우리는 곧장 마물들을 쓰러뜨리러 가겠다는 계획을 세웠다.

물론 스즈하를 포함한 세 사람도 의욕이 충분했다.

“가요, 오빠! 공작령의 평화를 위해! ……츄르릅.”

“주인님이 직접 만든 요리, 마수 식재료 버전! ……츄르릅.”

“우뉴! (츄르릅)”

――참고로 유즈리하 씨도 함께 오려고 했지만 집사장에게 바로 기각당했다.

“아가씨는 안 됩니다.”

“어째서?!”

“잘 생각해보면 처음에 아가씨께서 **이것저것** 알려주셨다면 문제는 막았을 테니까요. 그런 이유로 아가씨께선 손실을 메우기 위해 저택 내에 쌓인 일들을 도와주셔야겠습니다. 온천에 가고 싶으면 정보가 모일 때까지 열심히 일해주셨으면 좋겠습니다.”

“이런, 그걸 알아차렸어?!”

이렇게 집사장과 이해할 수 없는 말다툼을 벌였다. 사이가 좋아 보이는데.

공작영애를 마수 토벌에 끌고 가는 것도 생각해보면 이상한 이야기니까.

*

최초 토벌 지점은 공작 본가에서 아주 가까운 바위산이었다.

지도에 표시된 장소를 목표로 절벽 바위 표면을 뛰어 올라가자 그 위에 확실히 코카트리스가. 지도가 정확해서 정말 다행이었다.

바위 뒤에서 확인해보니 코카트리스는 한 마리. 이쪽은 눈치 못 챈 듯했다.

코카트리스의 겉모습은 거대하고 못생긴 닭 같은 느낌이었다.

"오빠, 제가 잡아도 될까요?"

"으――음. 하지만 코카트리스는 따끔따끔하니까."

"……주인님……그건 석화독 아니야……?"

카나데의 태클로 처음 알게 되었다.

듣자 하니 코카트리스와 눈을 마주치면 몸이 돌로 변한다고 한다. 게다가 내쉬는 숨도 맹독으로 돌로 만드는 작용이 있다나.

그래서 코카토리스를 사냥할 때 따끔따끔했던 건가?

"과연, 역시 오빠에요. 강인한 육체와 마력이 있으면 코카토리스의 석화 따위 겁낼 정도는 아니군요!"

"……코카토리스의 독은 그렇게 보잘것없는 게 아닐……

텐데……?”
“뭐, 그럼 만약을 위해 시선과 독은 조심하자. 이번에는 내가 잡을 테니까 스즈하는 잘 지켜보고 다음부터 사냥하도록 해.”
“네!”
그런 이유로 코카토리스를 사냥했다.
그렇다 해도 어차피 닭의 동료. 별것 아니었다.
최대한 재빨리 접근해 손날로 목을 떨어뜨리니 자, 끝.
“끝났어, 다들.”
“괴, 굉장해요, 오빠! 손날이 전혀 보이지 않았어요!”
“……손날일 텐데 베인 곳의 세포가 전혀 뭉개지지 않은 압도적 매끈함……! 카나데의 칼로도 이런 건 절대 무리야……! 카나데의 압도적 패배……!”
“카나데의 시점은 대단히 매니악하네.”
“우뉴!”
“우뉴코도 칭찬해주는 거야? 고마워.”
그런 이유로 코카토리스는 즉시 살을 발라내 닭꼬치로 만들었다.
엄청 맛있었다.
그리고 카나데가 코카토리스의 독이 필요하다고 해서 건네줬다.
살충제로 쓰기라도 하려는 거겠지. 역시 유능한 메이드였다.

*

다음 지점은 도적의 거점이었다.
"저기, 오빠, 도적은 먹을 수 없거든요?"
"알고 있거든?!"
마수만 사냥하고 도적은 놔두면 공작가의 집사장에게 혼날 거라고.
지도의 표시는 깊은 숲의 한 부분을 둘러싸고 있었다.
이 근처에 도적이 있다는 뜻이었다.
"오빠, 마수와 달리 도적은 도망치기도 해서 성가시겠어요."
"그래? 난 마수들도 자주 도망쳤는데."
"그건 오빠만 그럴걸요."
그런 이야기를 나누면서 어떻게 도적의 거점을 찾아낼지 고민하고 있는데.
"좋은 방안이 있어."
"카나데?"
"미끼 작전."
"그건 어떻게 하는 건데?"
"스즈하가 가슴을 드러내고 숲을 천천히 걸어봐. 한 방에 낚일 거야."
"싫어요, 그런 건!!"

스즈하가 고개를 가로저으며 거절했다. 뭐, 그렇겠지.

"신경 안 써도 돼. 어차피 도적들은 몰살당할 테니."

"그럼 카나데가 하면 되잖아요."

"그것도 그러네. 알았어."

"아니, 아니, 아니!!"

카나데가 메이드복의 가슴 부분을 출렁하고 벗으려고 한 순간 역시 말렸다.

"하지만 미끼 작전은 괜찮은 것 같아. 스즈하라면 도적에게 잡혀가도 괜찮지?"

"도적 녀석들에게 방심하다 실수할 일은 없겠지만 오빠랑 떨어지는 건……."

"물론 나도 뒤에서 지켜볼 거고 위험해지면 바로 도와줄게."

"오, 오빠에게 도움을 받는다니——괜찮네요!"

——그런 이유로 미끼 작전을 실행하자 재미있을 정도로 바로 낚였다.

그 이후의 도적 퇴치에서도 이 작전은 성공에 성공을 거듭했다.

구체적으로는 50군데 가까이였던 모든 도적의 거점지에서 스즈하를 풀어놓으면 3분 이내에 성공했다. 정말 마구 잡혔다.

처음에는 스즈하가 저항하는 연기에 실패해서 도적의

목을 눌러서 꺾거나 도적들의 거점에 도착하기 전에 쓰러뜨리는 실패도 했지만, 그걸 제하고도 순조롭게 토벌은 진행됐다.

빨리 다음 마수 토벌을 하러 가고 싶었던 스즈하 일행이 몹시 의욕에 넘쳤던 것도 컸다.

이러저러해서.

마수를 토벌해 내가 조리하고, 그걸 다 함께 맛있게 먹으며 도적 토벌에도 임했다. 그 결과.

대략 한 달 정도 만에 무사히 88개소의 거점을 전부 토벌했다.

9

사쿠라기 공작가의 본가로 돌아가 보고하자 집사장이 깜짝 놀랐다.

"서, 설마……! 정말 한 달 만에 전부 끝내셨을 줄이야……!"

"저기……역시 전부 토벌하면 안 되는 거였나요……?"

"결코 그런 건 아닙니다!!"

마수의 고기를 독점……했다고 화낼지도 모른다고 생각했는데 우선은 토벌의 수고를 치하하고 위로해줬다. 다행이야.

그리고 유즈리하 씨는.

"보, 보고 싶었어……! 나의 파트너……!"

"왜 그러세요, 왠지 너덜너덜한데요?!"

"그 귀축 집사장이 당주 대행 업무를 하라고 해서 익숙하지 않은 서류 업무를 대량으로……게다가 이렇게 오랜 시간 그대를 못 본 적이 없었으니까 금단 증상이 나타나서 정말……으으윽."

"히, 힘드셨군요."

일부 잘 모르는 부분도 있었지만 유즈리하 씨도 힘들었던 것 같았다.

그리고 좋은 소식도.

"주인님. 메이드의 골짜기의 메이드가 방금 최신 정보를 갖고 왔어."

"맞다. 우리 공작가에서 모은 정보도 내가 정리해뒀어."

"감사합니다!"

그렇게 2개의 보고서를 함께 읽고 알아낸 사실이 3가지.

하나, 오리할콘은 질 좋은 미스릴과 초고순도 마력이 과잉 융합되어 생성된다.

하나, 오리할콘은 약효가 있고 만능 특효약인 엘릭서의 재료도 된다.

하나, 오리할콘은 악마를 쫓아내는 효과가 있다.

"으――음……뭔가 알 것도 같은데 구체적으로는 아무런 진전이 없는 것 같고……."

"하지만 오빠, 오리할콘의 광맥이 생긴 이유는 알아냈네요."

"스즈하의 말대로야. 스즈하 오라버니의 마력과 화이트 헤어드 뱀파이어의 마력, 빛과 어둠 양쪽이 만나서 최강이 된 초마력이 바로 옆의 미스릴 광맥과 융합했겠지. 참나, 스즈하의 오라버니 말고는 재현 불가능한 정련법인걸."

"저도 한 번 더 해보라고 하면 무리일 겁니다."

어쨌든 조금이라도 정보가 모인 건 기뻤다.

이번에는 화이트 헤어드 뱀파이어의 정보는 없었지만 이쪽은 앞으로 기대해야지.

*

그리고 우리가 현재 어디로 향하고 있냐면.

무려 온천이었다.

유즈리하 씨가 갑자기 나에게 고개를 숙인 것이 사건의 발단이 됐다.

"정말 미안해. 우리 가문 집사장이 준비 부족이라……."

듣자 하니 내가 88곳의 포인트를 이렇게 단기간에 토벌할 거라고는 생각 못 했기에 보수를 준비하는 데 시간이 걸린다고 했다.

"아니, 딱히 보수 같은 건 필요 없는데요."

"무슨 소리야. 우리 공작가의 집사장이 토벌을 의뢰했고 그대는 더 이상 없을 완벽한 형태로 수행했어. 여기서 보수를 지급하지 않는다면 우리 공작가의 체면이 말이 아니게 돼."

"정말 괜찮은데……."

아니, 마수의 고기를 그만큼 먹어치웠는데 보수까지 받는 건 좀 그렇지 않나. 죄의식이 엄청났다.

뭐, 그건 그렇다 치고 기다리는 동안 시간을 어떻게 쓸지 의논하게 됐고.

"오빠, 온천이에요! 전 온천에 들어가려고 공작령까지 왔어요!"

"나도 대찬성이야. 본가에 있으면 세바스찬이 일을 억지로 떠넘길 테니까."

"카나데도 대찬성. ……온천에서 제일은 등을 밀어주는 것, 등 밀어주기라면 메이드. 이건 온천 열기의 진리."

"우뉴!"

이런 이유로 온천으로 가게 되었다.

공작가 본가에서 3일 걸려서 우리는 험한 산중의 온천에 도착했다.

"여긴 엄청난 비경에 있지만 그만큼 온천수 성질은 최고에 역사도 가장 오래됐어."

유즈리하 씨가 그렇게 자랑한 만큼 마치 호수에서 그대로 온천이 된 것 같았다. 넓이도 최고였고 원천에서 온천이 항상 흘러넘치기 때문에 수질도 깨끗했다.

소위 원천을 흘려보내는 방식이었다.

험한 산 위에 있기 때문에 내려다보는 경치도 최고.

물이 새하얗게 물들어 있는 게 정말이지 온천이라는 느낌이라 텐션이 높아졌다.

"그럼 다들 먼저 들어가. 난 나중에 들어갈 테니까."

나만 남자라 그렇게 말하자 웬일인지 다들 묘한 표정을 지었고.

"대체 무슨 소릴 하는 거예요? 이 온천에는 우리 이외에는 아무도 없는데 같이 들어가도 되잖아요."

"아니, 아니?! 혼욕 온천도 아니고!"

"원래 이 온천은 혼욕이야. 저기 팻말도 서 있잖아."

"정말이다……남녀혼욕, 수영복 착용이라고 적혀 있어……."

"뭐, 우리 말고는 아무도 없으니까 알몸도 괜찮을 것 같은데."

"절대 안 돼!!"

스즈하는 남매, 카나데는 메이드, 우뉴코는 어린 소녀라고 억지 주장을 한다 해도 유즈리하 씨는 절대 안 된다. 왜냐하면 공작 영애니까.

뭐라고 좀 말해달라는 의도로 유즈리하 씨에게 시선을 보내자.

"그, 그래……전장에서 함께 사투를 벌인 전사에게 성별 따위는 관계없으니……그렇다면 내가 스즈하의 오라버니와 혼욕하는 건 오히려 필연이라는 건가……?!"

"아니, 부정해주셔야죠!!"

최종적으로는 나의 권한으로 수영복 착용이 결정됐다.

다들 왠지 불만스러워했다. 납득이 가지 않았다.

"——뭐, 이런 일도 있을 것 같아서 수영복은 준비했어. 물론 모두의 몫도 있어."

유즈리하 씨의 말에 여성들은 옷 갈아입는 타임.

난 남자라 바로 옷을 갈아입고 모두를 기다렸다. 먼저 온천에 들어가는 것도 미안해서.

머지않아 모두가 옷을 다 갈아입고 바위 뒤에서 나왔다.

"오, 오빠. 어때요——?"

그렇게 말하며 처음으로 나온 스즈하의 수영복은 뭐랄까……굉장히 아슬아슬했다.

파란 비키니인 건 좋았다. 스즈하의 머리칼과 같은 색. 게다가 스즈하 체형에 원피스는 사이즈를 찾기 힘들다고 들은 적이 있다.

스즈하의 늘씬한 몸에 단련된 신체가 잘 돋보이는 디자인이라고 생각했다.

하지만 뭔가——.

"저기……. 잘 어울리긴 한데 천의 면적이 너무 적지 않아……?"

"해, 해냈어요! 오빠한테 잘 어울린다는 말을 들었어요!"

"아니, 거기가 아니라……."

"뭐, 너무 그러지 마."

쓴웃음을 지으며 나온 사람은 흰 비키니 차림의 유즈리하 씨.

다만 이쪽도 몹시 천의 면적이 적지 않나요?

잇따라 나온 카나데, 검은 비키니. 이쪽도 마찬가지였다.

……마지막으로 나온 우뉴코만 원통 형태의 원피스인 건 언급해도 되는 건지 아닌 건지.

"그대들이 마수 토벌을 수행하는 동안 공작가 전속 디자이너를 불러서 수영복을 발주했어. 그랬는데 디자이너가 불타오르는 바람에."

"네에."

"우수한 여성인데 폭주하는 게 옥에 티라서……공작영애인 내 앞에서 외치더라니까. 『이런 신과 서큐버스가 정도를 모르고 깃든, 전무후무한 거센 파도 같은 섹시 바디를 한계까지 보여주지 않는 건 전 인류에 대한 모독이라고요오오오!』라고. 그래서 이렇게 됐어."

"네에에……?"

"나도 그대에게만 보여주는 거라면 딱히 괜찮을 것 같아서……아, 아니, 방금 그 말은 그런 의미가 아니라!"

유즈리하 씨의 그런 의미가 어떤 의미인지는 알 수 없었지만.

내가 잘 어울린다고 칭찬하자 다들 굉장히 기뻐했기 때문에.

이것도 괜찮은 것 같다고 그렇게 생각했다.

10

“하아……온천은 힐링이 되네요…….”

첨벙 백탁 온천에 몸을 담그면서 스즈하가 더없이 행복한 목소리를 입 밖으로 흘렸다.

웬일인지 내 무릎 위에서.

“저, 저기, 스즈하? 슬슬 바꿔주지 않을래?”

“안 돼요. 오빠의 무릎 위는 여동생에게 부여된 특권이니까.”

“……아니, 스즈하는 왜 들어오자마자 내 무릎 위에 올라온 거야?”

“우리 남매는 옛날부터 그랬잖아요.”

그건 아주 옛날, 스즈하가 아직 지금의 카나데보다 어렸을 때 이야기.

그때 들어갔던 목욕탕이 작았기 때문에 둘이 나란히 들어가지 못해 어쩔 수 없이 내가 스즈하를 안고 들어갔었던 것뿐인 이야기.

“뭐?! 그대는 여동생과 파렴치한 짓을……!”

“그럴 리가 없잖아요!!”

"파렴치하지 않다면 나도 무릎 위에 올려서 증명해."
"그거야말로 파렴치하잖아요!"
바보 같은 대화를 나누는 우리 앞을 카나데가 배영을 하며 가로질러 갔다.
어릴 땐 넓은 목욕탕을 보면 수영하고 싶어지니까. 공감이 갔다.
가슴 부근이 붕 뜬 카나데의 배영을 보고 있자니 전혀 어린애 같진 않았지만.
우뉴코는 올챙이배를 다 드러내고 온천물에 떠 있었다. 기분 좋아 보였다.
"근처에 여관이라도 있었다면 완벽했을 텐데……."
"가장 가까운 마을도 50킬로는 떨어져 있으니까 무리지. 게다가──."
"전 오빠가 직접 만든 요리가 더 기쁘니까 문제없어요!"
"내, 내가 그 말을 하려고 준비하고 있었거든?!"
……설마 나에게 요리를 시키기 위해 이런 변방의 온천을 선택한 건 아니겠지?
이러저러해서 온천에 편히 몸을 담그자 유즈리하 씨가 이 온천에 대해 여러 가지를 알려주었다. 효능이나 역사 같은.
"이 온천에는 오랜 역사가 있어. 우리 공작가와도 인연이 깊지. 그렇기에 너랑 꼭 같이 오고 싶었어."
"유즈리하 씨, 오빠가 직접 만든 요리를 먹기 위한 속셈

이 아니었군요."

"물론 그것도 있지만――아, 아니, 그런 건 아무래도 좋잖아!"

역시 있었어?

"크흠. ――벌써 천년도 더 이전의 일이야. 이후 사쿠라기 공작가의 초대 당주가 되는 전사가 사쿠라기의 대지에 둥지를 튼 사악한 뱀의 토벌을 의뢰받았지."

"흐음."

"사악한 뱀은 터무니없이 강해 쓰러뜨리는 건 도저히 불가능했어. 그래서 선조님은 당시엔 간신히 살아남은 엘프에게 조력을 구했고 몇 개월에 걸친 사투 끝에 어떻게든 이 영산에 사악한 뱀을 붙잡아 봉인했어."

"호오, 호오."

"그러자 그 장소에서 온천이 솟아났다는 전설. 그래서 이 온천 밑에는 지금도 여전히 그 사악한 뱀이 잠들어 있다는――."

그 전설에 의하면 이 백탁액은 사악한 뱀의 진액이 되는 건가.

왠지 좀 싫은데……라는 말은 역시 할 수 없었다.

"멋진 이야기네요. 사쿠라기 공작가의 긴 역사가 느껴져요."

"으음. 그렇지, 그렇지."

"……."

스즈하여, 이게 세간에서 적을 만들지 않는 처세술이란다. 아마도.

그러니까 오빠를 한심하게 바라보지 마세요.

"그런 거라면 저도 협력할까요? 카나데, 오리할콘 좀 꺼내줄래?"

"여기."

좀 떨어진 곳을 배영하고 있던 카나데가 내 바로 옆의 수면 위로 불쑥 얼굴을 내밀고 가슴 부분에 손을 찔러 넣어 오리할콘을 꺼냈다. 이제 태클 안 걸래.

"보잘것없지만 저도 봉인을 도와주려고요. 에잇."

내가 던진 오리할콘 덩어리는 온천 중앙에 떨어져 가라앉았다.

"과연. 오리할콘에는 악마를 쫓는 효과가 있어서 헌상한 거구나. 고마워."

"당치도 않습니다."

그 이후 느긋하게 온천물에 몸을 담그고 있는데.

갑자기 지면이 크게 흔들렸다.

온천에서 부글부글 대량의 거품이 솟아올랐다. 그리고 지면에 온천을 중심으로 금이 갔고――!

"오빠!"

서둘러 온천을 나온 우리 눈앞에 굉장한 높이의 물기둥이 솟구쳤다.

거기에 나타난 건 전체 길이가 수십 미터나 되는――거

대한 뱀이었다.

"전설이 진짜였구나……."

유즈리하 씨가 어리둥절한 표정으로 중얼거렸다. 그 옆에서 스즈하가 얼굴을 찡그리며,

"즉 우린 저 뱀에게서 스며 나온 백탁액을."

"스즈하. 그 이상은 안 돼."

아니, 그럴 때가 아니었다.

전설에 의하면 영웅이었던 초대 사쿠라기 공작도 이 큰 뱀을 봉인하기 위해 몇 개월이나 들여야 했다고 한다.

솔직히 시시한 마수 사냥 정도밖에 못 하는 나에겐 수가 없을 것 같았다. 하지만 여기서 도망치면 이 큰 뱀은 이전과 똑같이 사쿠라기 공작령의 영민들을 지옥으로 떨어뜨리겠지——그건 안 돼!

"유즈리하 씨!"

"그래! 한번 해보자!"

그리고 우리는 사악한 뱀과 맞섰다——!

……그렇게 생각했는데 사악한 뱀의 머리에 잽을 한 방 먹인 것만으로 머리가 날아가며 종료됐다.

아무래도 봉인되어 있는 동안 엄청 약해진 듯했다.

겉만 번지르르한 것도 적당히 해줬으면 좋겠다.

*

사악한 뱀을 쓰러뜨린 뒤에 할 일이라면, 당연히 식사 타임.

뱀 고기는 닭고기에 가깝다.

즉 마수인 사악한 뱀 고기는 엄청 맛있는 닭고기 같았다.

"마, 맛있어요, 오빠!"

"소문으로는 들었지만 마수의 고기가 이 정도로 맛있을 줄이야……아니, 잠깐만, 그러면 그대들은 내가 서류에 파묻혀 있는 동안 이렇게 맛있는 걸 먹었던 거야……?"

"주인님이 먹는 음식에 독이 들었는지 확인하는 건 메이드의 업무. 즉 카나데는 주인님을 위해 이 고기를 계속 먹을 거라는 거지——!"

"우뉴!"

——뭐, 이러저러해서.

그 많던 사악한 뱀 고기를 불과 1시간 만에 깔끔하게 먹어치우고 말았다.

역시 너무 많이 먹었는지 마지막엔 다들 그로기 상태가 되었지만.

그리고.

"저기, 다들 내장 전골이 완성됐는데 먹을 수 있겠어?"

"자, 잠깐만. 뱀 내장을 먹을 수 있어?"

"보통은 못 먹어요. 다만 이번에는 마수인 거대 뱀이라 맛있게 먹을 수 있을 것 같아서요. 그런데 어떻게 하실래요?"

역시 패스할지도 모른다는 생각을 품고 모두에게 묻자.

"오, 오빠가 직접 만든 요리를 앞에 두고 못 먹겠다고는……!"

"잘 들어. 여기사에게는 패배라는 걸 알아도 싸워야만 하는 전투가 있어. 그게 바로 지금이야……!"

"……메이드는 결코 업무에서 도망치지 않아. 설령 그게 아무리 괴롭고 힘든 길이라는 걸 알아도……!"

이미 쓰러져서 낮잠에 빠진 우뉴코 이외의 모두가 반짝거리는 시선을 보냈다.

왠지 좀비 같아서 솔직히 무서웠다.

"저, 저기……무리하지 마……."

모두에게 내장 전골을 건네자 역시 방금까지처럼 미친 듯이 먹진 않고 천천히 먹었다.

"이 내장 전골도 맛있네……아까 고기도 그렇고 그대가 정신없이 먹지 않고 참을 수 있다는 게 이해가 안 돼."

"아뇨. 사실은 저도 마음껏 먹어치우고 싶어요. 하지만 그러다 만에 하나 다른 마수가 등장해 습격하면 큰일이니까요."

"흐음, 그런 거였어……? 그대는 세세한 곳까지 생각이 미치는구나. 대단하다고 생각해."

과장되게 감탄하는 유즈리하 씨. 그런 위기관리는 원래 기사가 신경 쓰는 것 아닌가. 뭐, 딱히 상관은 없지만.

내가 마음속으로 그런 태클을 걸고 있을 때.

"앗……이건 뭘까요?"

스즈하가 먹던 내장 전골에서 주먹 크기의 수정 구슬을 꺼냈다.

사악한 뱀 내장 속에서 소화되지 않고 남아 있었던 모양이다.

"수정 구슬인가? 하지만 갈라졌네."

"깨진 조각이 나올지도 모르니까 조심해서 드세요."

스즈하의 예언대로 깨진 한쪽은 유즈리하 씨 그릇에서 나왔다.

"오빠, 이건 뭘까요? 단순한 수정 구슬은 아닌 것 같은데……."

"나도 그렇게 생각해. 평범한 수정 구슬이라면 만일 삼켰다고 해도 마수의 강력한 소화액으로 이미 녹아버렸겠지."

"과연."

게다가 자세히 관찰해보니 깨진 수정 구슬에서 강력한 마력의 잔재를 간파할 수 있었다.

"유즈리하 씨는 이게 뭐라고 생각하세요?"

"이건 만약의 이야기지만……사악한 뱀 속에 있었다면 어쩌면 그 옛날 선조님이 사악한 뱀을 봉인했을 때 사용한 보석일지도 몰라. 일단 들고 가야겠어."

"알겠습니다."

그런 이유로.

우리는 깨진 수정 구슬을 갖고 사쿠라기 공작 본가로 돌아왔다.

11 (토코 시점)

심야 사쿠라기 공작가.

여느 때보다 훨씬 늦은 시간에 당주의 서재로 들어온 토코가 의자에 앉자마자 큰 한숨을 내쉬었다. 스즈하 오빠가 허리라도 주물러줬으면 좋겠다고 토코는 생각했다.

늦게 들어온 사쿠라기 공작에게서 뜨거운 차를 받아들고 한 모금 삼켰다.

"피곤해 보이는군."

"정말……! 어느 정도는 알고 있었지만 이렇게까지 영내 치안이 악화됐을 줄은 몰랐어!"

"대부분 숙청했으니까."

현재, 드로셀마이엘 왕국의 치안은 악화되어 있다.

이유는 명백했다. 쿠데타가 있었기 때문이다.

좀 더 말하면 토코가 여왕이 됐을 때 왕자파 귀족들을 뿌리째 숙청했기 때문.

영내 치안 유지는 귀족의 많은 업무 중 하나이기에, 귀족의 대다수를 숙청한 단계에서 치안 악화는 예상된 일이었다.

"뭐, 내가 여왕이 된 탓에 치안이 악화됐다고 생각하면 부끄럽기도 하지만."

"말은 그렇게 하지만. 둘 중 한 왕자가 다음 국왕이 됐다면 치안 상태는 현 상황 따위와 도저히 비교되지 않을 정도로 악화됐겠지. 녀석들은 쿠데타를 일으킬 정도의 바보들만 모인 데다 가혹한 정치로 영민들을 착취할 생각만 했던 녀석들이니까. 치안 유지에 돈을 낼 거라곤 도저히 생각할 수 없어."

"뭐──, 그건 그렇지만……."

자신들도 쿠데타를 계획했다는 걸 모른 척하고 문제 삼지 않는 건 굳이 태클 걸지 않기로 했다. 태클 걸 기력이 없다고.

"하지만 그렇다 해도 예상보다 악화 페이스가 빨라. 왜일까?"

"그에 대해서는 짐작 가는 게 있다네."

"그게 뭔데?"

공작이 턱을 쓰다듬으며 입을 열었다.

"그 남자."

"그 남자라면 설마 스즈하 오빠? 왜 그렇게 되는데?"

"이건 우리 공작가의 집사장이 생각한 가정의 이야기지만──."

──그 옛날 우리나라는 이웃 여러 나라들에게 위협을 받는 대국이었다.

그렇기에 이웃 나라들은 빠짐없이 방위를 강화했고 내부 공작에 손을 쓸 여유는 그만큼 없었다.

하지만 그때 스즈하의 오빠가 나타났다.

스즈하의 오빠는 본인의 영지를 그저 혼자서 탈환하고 공격하려는 100만의 적군을 병사 한 명 쓰지 않고 때려눕혔다.

정상적으로 생각해서 그렇게 압도적인 무력엔 무력으로 대항하려 해봤자 소용없었다.

그렇다면 남는 건 뒤를 치는 것밖에 없겠지——.

그러한 공작의 가설을 듣고 토코가 머리를 막 쥐어뜯었다.

"즉 방위를 포기한 대신 치안을 악화시켜서 괴롭히고 약해지기를 노린다는 뜻?!"

"그런 거지."

"으윽……그건 정말 있을 법한 이야기네……!"

"내가 적국에 있었다면 치안을 악화시키기 위해 도적들을 보내거나 기존에 있던 도적들을 지원하겠지. 도적들이 잡혀도 귀족과의 연결고리를 찾아내는 건 보통 불가능에 가까우니."

"차라리 공격해 오는 게 더 편할 정돈데……."

"하지만 그쪽은 적국에 메리트가 없으니까. 이웃하는 모든 나라가 우리 나라와 대치하고 있는 국경병을 큰 폭으로 없애고 있다는 보고가 있었어. 잉여 인원을 그쪽으로 돌릴 여유는 충분히 있지."

"으——윽……!"

"또 한 가지 흥미로운 이야기가 있네. 현재 우리나라에서 가장 치안이 좋은 곳은 압도적으로 로엔그린 변경백령이네. 즉 타국이 일절 손을 대려고 하지 않아."

"뭐, 만에 하나라도 손댔다 들키고 스즈하 오빠의 노여움을 사서 캐런두령처럼 철저하게 두들겨 맞으면 어쩌려고? 스즈하 오빠의 영지를 건드릴 바보는 없겠지."

예상 이상으로 치안이 악화된 원인은 알았다. 틀림없이 그것이었다.

"하아……안 그래도 스즈하 오빠 덕에 귀찮은 일만 늘었는데. 다만 이쪽은 그 귀찮은 일이 몇만 배로 늘어난 만큼 메리트도 있으니까 불평도 못 하지만!"

"호오. 이번에는 무슨 일이 있었지?"

"성교국에서 호출."

성교국은 이 대륙에 전파된 종교의 총본산을 중심으로 한 종교국가였다.

드로셀마이엘 왕국에는 독자적인 국교가 있지만 그것도 기원을 거슬러 올라가보면 성교국에서 분리, 독립한 것이었다.

다만 국교의 톱인 교황은 쿠데타의 주모자 중 한 명으로서 숙청되어 현재는 공석이지만.

성교국이 움직였다고 들은 공작은 바로 느낌이 왔다.

"과연. 그 남자가 신경 쓰여서 상황을 살피려는 것인가. 성녀도 그렇지만――교황과 대주교도 얽혀 있겠지."

"참나, 스즈하 오빠가 신경 쓰이면 직접 오면 되잖아!"

"포기해. 원래 국왕이 교체되면 인사하러 가는 게 옛날부터의 관습이니까.”

뭐, 불평해봤자 별수 없었다. 그런 건 토코도 알고 있다.

그럼 이제 어떻게 해야 할까.

그게 떠오르지 않아서 이렇게 곤란해하고 있었다.

“뭐, 성교국에 인사는 하러 갈 거지만……. 방금 이야기로 돌아가서 공작이 예상하는 그런 상황이라면 치안 유지에는 착실하게 돈을 들일 수밖에 없는 건가? 좀 편한 방법은 없어?”

“그대 이상으로 편한 왕은 존재하지 않아. 그 남자에게 감사해야지.”

“아니, 그건 감사하고 있지만…….”

그리고 문득 생각했다.

공작도 본인 영지의 치안 악화는 머리 아픈 문제일 것이다. 그 증거로 아주 최근까지는 정신없이 바빴다.

하지만 지금은 어딘가 여유가 보이는데——?

“저기. 공작에게는 뭔가 비책이라도 있어?”

물어보긴 했지만 그런 건 없을 거라고 생각하면서 토코가 차를 홀짝였다. 맛있네.

“그런 건 없지만 공작령의 집사장으로부터 바로 연락이 왔는데.”

“어떤?”

“——공작가 본가를 방문한 그 남자가 영지 내 88곳의 토벌 목표를 전부 토벌하겠다고 저택을 출발했다더군.”

"푸——흡?!"

성대하게 차를 내뿜었다.

토코의 반응을 예상한 듯한 공작은 재빨리 서류를 들어 막았다.

"콜록, 콜록——뭐, 뭐야? 그게?!"

"그 남자의 실력을 생각하면 충분히 가능하겠지."

"그야 그렇겠지만! ……응? 근데 의외로 괜찮으려나……?"

"그 남자를 유사시에 이용하기 위한 빚이 줄어드는 것만 막는다면 충분히 괜찮지. 유즈리하에게는 혼날 것 같지만."

"뭐, 유즈리하는 가벼운 마음으로 스즈하 오빠에게 일을 시켜서 화가 나겠지. 그 대신 스즈하 오빠 본인은 전혀 신경 안 쓰는 것 같지만."

"그렇지."

두 사람 다 스즈하의 오빠가 실패할 가능성은 눈곱만큼도 생각하지 않았다.

애초에 스즈하의 오빠가 고전할 가능성이 1밀리미터라도 있는 상대가 있다면 즉시 공작에게서 여왕으로 긴급 보고가 들어왔을 테니까.

"흐——음. 좋겠다——. 스즈하 오빠가 왕가 직할령도 토벌 안 해주려나——."

"부탁하면 되겠지, 그 남자는 거절하지 않을 테니. 차라리 왕국 모든 곳의 토벌을 부탁하는 건 어떤가?"

"아, 그건 안 돼."
"어째서?"
"그야 인간이라는 건 편한 쪽으로 이끌리는 생명체니까."
토벌을 부탁하면 스즈하의 오빠는 받아들일 테고 귀족들도 고마워하겠지.
하지만 그건 반복되어 언젠가는 버릇이 될 것이다.
그러던 어느 날, 스즈하의 오빠가 없어진다면.
귀족들은 자신의 영지를 지켜야 한다는 걸 완전히 잊어버리겠지——.
"아니, 아까 들은 이야기 정도라면 괜찮아. 우연히 스즈하 오빠가 들렀는데 관료를 보내준 빚을 받기 위해 토벌을 돕게 했다, 정도면. 하지만 그건 일상적으로 할 일은 아니잖아. 애초에 스즈하 오빠는 다른 귀족들에겐 빚 같은 게 없으니까."
"숙청된 그 녀석들이라면 그 남자를 써먹을 만큼 써먹은 끝에 먹고 버렸겠지."
"그러니까 숙청된 거야……스즈하 오빠가 정나미가 떨어져서 나라를 버리는 그게 가장 빨리 망국으로 가는 시나리오니까."
"왕가로부터 토벌 알선 의뢰를 받아도 의욕이 생기진 않을 것 같고."
"없겠지. 우선 현 상황 인식이 어떤지 오랫동안 캐물을 것 같아."

그렇게 말한 토코가 문득 고개를 갸웃거렸다.

"아니, 물론 긴급사태라면 이야기는 달라지겠지. 스즈하 오빠 말고는 물리칠 수 없는 마수가 나타난다거나."

"호오."

"위험도 최상위의 녀석들 말이야. 그야말로 사쿠라기 공작령 초대 공작이 봉인했다는 전설의 요르문간드가 부활했다거나!"

요르문간드는 신화시대에 있었다고 알려지는 전설의 거대 뱀.

초대 사쿠라기 공작이 몇 개월의 사투 끝에 토벌은 못 했지만 어떻게든 영산에 봉인했고 그 장소에는 온천이 솟게 됐다는 전설이 남겨져 있었다.

물론 신뢰할 수 있는 목격 기록은 없어 현대에는 상상 속 마수로 알려져 있지만.

"……농담이라도 관두게. 사쿠라기 공작령을 멸망시킬 마수의 실재라니, 상상도 하기 싫다네."

"아. 미안."

그 이후 몇 가지 문제에 대해 더 의견을 나눈 뒤.

그날도 평소처럼 심야의 밀담은 끝났다.

그 이후 대략 한 달 후.

사쿠라기 공작은 사악한 뱀이 부활하자마자 바로 퇴치됐다는 긴급 보고를 받고 깜짝 놀라게 된다——.

3장 성교국

1

사쿠라기 공작 본가로 돌아가 사악한 뱀에 대해 보고하자 집사장이 굉장히 놀라워했다.

"그, 그럼 그 전설의 요르문간드를 쓰러뜨렸단 말입니까——?!"

"아, 그런 이름이었나요?"

집사장 왈, 전설이 너무 황당무계한 탓에 실화라고 생각하지 않았다고. 신뢰할 수 있는 목격 증언 따위도 없었다고 한다.

"그래서 다치신 분은?"

"아무렇지도 않았습니다. 전설과 달리 사악한 뱀이 굉장히 약해서."

"——아가씨?"

"스즈하의 오라버니 말대로 아무도 상처 하나 입지 않은 건 틀림없어. 다만 그 큰 뱀이 강했는지 어땠는지는 이제 와선 전혀 모르겠지만."

"그 말씀은?"

"스즈하의 오라버니가 펀치 한 방에 머리를 날려버렸거든."

"……죄송합니다만 그런 일이 정말로……??"

"가능해. 나의 파트너라면."

유즈리하 씨 옆에서 스즈하도 응응 고개를 끄덕이고 있었다.

아니, 그런 게 가능하다는 사실 자체가 사악한 뱀이 약해졌다는 증거라고 생각하는데?

"그리고 사악한 뱀의 배 안에서 이런 게."

내가 깨진 보석을 건네자 집사장이 찬찬히 관찰했다.

"이건……요르문간드의 봉인에 사용됐던 보석일까요?"

"그럴지도 모르겠습니다."

"그러한 보석이 있다는 기록은 전설에는 없었다고 기억하고 있습니다. 초대 당주가 요르문간드를 봉인했을 때 구체적으로 어떻게 했는지에 대해서는 상세한 기록이 애초에 안 남아 있으니까요."

"천 년도 더 된 이야기니까요."

뭐, 봉인에 사용한 보석이든 우연히 사악한 뱀의 배에서 꺼낸 물건이든 공작가에 전해지는 사악한 뱀의 전설과 연관이 있는 아이템임에는 틀림없었다.

그런 이유로 집사장에게 건네려고 했지만 웬일인지 전력을 다해 거부했다.

"이건 꼭 로엔그린 변경백께서 갖고 계십시오."

"하지만 초대 공작님과 관련이 깊은 물건일지도 모르는데요?"

"그렇기에 갖고 계셨으면 좋겠습니다——사악한 뱀뿐만

아니라 공작령의 마수를 모조리 토벌해주신 보수는 당연히 준비했습니다만 이게 가치 있는 전리품이라면 그 소유권은 토벌자에게 있으니까요."

"하지만."

"마수 퇴치의 보수는 그걸 쓰러뜨린 영웅이 손에 넣어야 합니다."

유즈리하 씨를 보자 이쪽도 크게 수긍하고 있었다.

"맞아. 마수의 고기와 똑같지."

"——그런 거라면."

마수의 고기라는 말을 들으면 약해진다.

보석은 별로 필요 없지만 그러다가 고기값이라도 내놓으라고 하면 감당할 수 없으니까.

그런 이유로 지금은 순순히 받아들이기로 했다. 여차하면 돌려주면 되고.

그 이후 이 보석을 대체 어떻게 할지 고민하고 있는데 집사장에게서 어드바이스가.

"그 보석은 토코 여왕님께 감정을 부탁드리는 게 어떨까요?"

"토코 씨 말인가요?"

"보석 같은 마도구는 역시 마도사가 제일 잘 아는 법이지요. 그리고 우리나라에서 가장 우수한 마도사라면 뭐니뭐니 해도 토코 여왕님이잖습니까."

"과연."

토코 씨에게 정보 수집에 대한 보고도 할 겸, 보석을 봐 달라고 부탁하는 게 좋을 것 같았다.

"그럼 조만간 왕도로 가야겠군요."

"아뇨, 그러실 필요 없습니다."

"무슨 뜻이죠?"

"여러분이 외출하신 동안 토코 여왕님께서 이쪽 본가로 방문하시겠다고 미리 알리셨습니다. 며칠 후엔 도착하실 겁니다."

짐작 가는 게 없는지 유즈리하 씨가 고개를 갸웃거렸다.

"토코가 여길? 용건은 뭐였어?"

"성교국에 여왕 취임 인사를 드리러 가는 도중에 이쪽에 들르시겠다고 하셨습니다."

"성교국이라고? 왕이 교체되면 인사하는 게 도리이긴 하지만——아, 그런 거였나?"

나도 들어본 적 있다.

성교국은 이 대륙 종교의 총본산이며 따라서 왕이 교체되면 인사를 드리러 가야 한다고. 다만 요즘은 그 관례도 한물갔다고 들었는데.

게다가 이제 와서 가는 것도 좀 그렇지 않나?

스즈하도 같은 의문을 가진 듯 입을 열었다.

"하지만 유즈리하 씨. 토코 여왕님께서 취임하신 후 벌써 반년 이상이 흘렀잖아요? 게다가 오빠의 대활약으로 영지가 넓어지면서 나라의 정세가 안정됐다고는 도저히 말하기 힘든 상황인데 어째서 지금인가요?"

"나도 순간 생각해봤는데 토코가 이 타이밍에 스스로 먼저 방문할 리가 없어. 아마 스즈하의 오라버니 때문이겠지."

"저 말입니까?"

"좀 생각해봐. 성교국에서는 쿠데타로 왕이 교체되든 말든 그다음 왕이 적대하지만 않으면 돼, 그러니까 내버려둔 거지. 다만 그때 스즈하의 오라버니가 나타났어."

"저기, 제가 뭔가 실수라도 했나요?"

"엄청 많이 해댔지. 오리할콘도 백만의 적병을 혼자 때려눕힌 것도 성교국의 흥미를 끌기엔 충분하니까. 그렇다 해도 자존심 때문에 저쪽에서는 먼저 움직일 수 없었을 거야. 그래서 인사 관습을 핑계로 토코를 부른 거지."

"혹시 제가 토코 씨한테 민폐를……?"

"그렇게도 말할 수 있지만 그대는 토코에게 그 백만 배의 메리트를 주고 있으니까. 이건 그대를 실컷 부려먹은 토코가 지불하는 이른바 세금 같은 거야. 그러니 그대가 신경 쓸 건 하나도 없어."

"유즈리하 씨 말이 맞아요, 오빠. 오히려 토코 씨는 좀 더 세금을 내야 해요. 구체적으로는 오빠랑 여동생인 저에게 매끼 돈가스 카레를 제공한다거나."

"스즈하는 대체 무슨 소릴 하는 거야?!"

색욕보다 식욕이라는 건 이걸 두고 말하는 걸까? 아직 내 여동생은 어린애인 듯했다.

몸이라면 이미 어엿하게 자랐지만.

*

토코 씨가 도착할 때까지의 며칠 동안.

우리는 유즈리하 씨의 부탁에 공작가 사병 훈련을 도와주기로 했다.

"하지만 유즈리하 씨 혼자서도 사병 훈련을 시키기에는 충분하지 않나요?"

유즈리하 씨는 살육의 전쟁 여신이라는 별명으로 대륙에 용명을 떨친 여기사.

나 같은 게 도와줄 여지 따위 없을 것 같은데.

"무슨 소리야. 그건 아니야, 완전히 번지수가 틀렸다고."

"네?"

"나 혼자선 일대다의 훈련밖에 못 해. 하지만 거기에 그대가 참가하면 강적 두 명을 상대로 한 훈련이 가능하잖아. 이건 큰 차이야."

"그렇게 말씀하신다면."

아무리 유즈리하 씨가 강해도 혼자서는 적에게 협공당할 수도 있고, 한 명을 공격하는 동안 남은 적이 중요 인물을 납치하는 경우 또한 재현할 수 없다는 건가.

도적이나 몬스터 섬멸과는 달리 호위를 포함한 많은 케이스를 예상하면 분명 유즈리하 씨 혼자서는 한계가 있다.

"그러니까 훈련 중에는 늘 나와 콤비를 이뤄야 해. 그게 효율상으로도 최선이니까."

"네."

내가 고개를 끄덕이자 유즈리하 씨가 큰 꽃송이가 피듯이 환히 웃었다.

유즈리하 씨는 정말 훈련을 좋아하는구나 하고 감탄했다. 그야말로 여기사의 귀감.

"맞다. 그럼 스즈하랑 카나데도 부르죠."

"잠깐만. 어째서 그렇게 되는 거지?"

"유즈리하 씨 말대로라면 인원이 많으면 많을수록 훈련 가능한 시추에이션도 늘어날 테니까요. 스즈하와 카나데라면 실력적으로도 문제없잖아요."

"……아니, 이번에는 관두자."

유즈리하 씨가 고개를 가로저었다. 어째서?

어차피 두 사람 다 한가하니까 좋은 아이디어라고 생각했는데.

"문제라도 있나요?"

"저기, 그러니까. 두 사람을 훈련에 참가시키는 건 결코 나쁘지 않지만 다수가 참여하게 되면 내가 그대 뒤를 지킬 수 없는——아니, 이게 아니라 나랑 그대의 콤비네이션을 연습할 시간이 없어지고——아니, 이것도 아니라 왜, 그거야, 그거, 우리끼리도 충분히 강한데 스즈하가 참가하면 너무 강해서 수습이 안 될 수도 있잖아?"

"네에."

스즈하가 한 명 포함된 것만으로도 너무 강해지다니, 공작가의 사병은 꽤 약한 모양이다.

내가 듣기로는 왕가의 근위사단에도 필적할 만큼 강하다고 했는데. 역시 소문 따위 믿을 수 없구나.

스즈하는 힘 조절도 제대로 못 하니까 그런 거라면 둘이 하는 게 더 낫겠지. 납득했다.

"과연. 알겠습니다."

"그래? 알아준 거야? ——만약을 위해 말해두겠는데 결코 내가 그대와 둘이서 싸우고 싶다거나 그대 뒤를 지킬 권리를 독점하고 싶다거나 하루 훈련이 끝난 뒤에 나만이 그대에게 『수고했다』는 말을 들으면서 다정하게 안기고 싶어서라던가 훈련의 피로를 풀어주는 마사지를 정성스럽게 받고 싶다거나——그런 생각은 1밀리미터도 안 하니까 오해하지 마."

"물론이죠."

"하지만 그대가 자주적으로 해준다면 흔쾌히 받을게."

날 보는 유즈리하 씨의 눈이 반짝반짝 빛났다. 무슨 뜻이지?

잠시 생각한 후 난 아닐 거라고 생각하면서 대답했다.

"……즉 전 훈련 뒤에 유즈리하 씨를 안아주고 그 뒤에 마사지를 해주면 되는 겁니까……?"

"그, 그래?! 아니, 내가 강요할 이야기는 아니지만 그대가 그렇게 해준다면 나도 그대의 친절한 마음을 기쁘게 받아들여야겠지!"

유즈리하 씨가 뛸 듯이 기뻐했다. 정답이었던 모양이다. 진짜?

——내가 관찰한 결과, 유즈리하 씨는 지금처럼 우회적으로 말할 때가 있었다.

얼핏 보기엔 츤데레로밖에 들리지 않지만 유즈리하 씨 성격상 그런 건 아니겠지.

분명 심오한 은유로 가득 찬 상위 귀족 특유의 표현이 틀림없었다.

빨리 가라는 뜻이 담긴 오차즈케 좀 먹겠냐는 말에 정말 먹은 적이 있는 나나 스즈하와는 달랐다.

실제 훈련은 뭐, 맥 빠졌다.

훈련 첫날 개시 신호와 함께 훈련장에 있던 사병들이 한 명도 빠짐없이 유즈리하 씨를 무시하고 날 습격했지만.

"아아아…… 너무 약해."

무심코 그런 감상을 늘어놓을 정도로 공작가의 사병들은 약했다.

이래선 한 명은커녕 모두가 모인다 해도 마수 한 마리 쓰러뜨리는 게 어려울 정도.

아니, 그래도 모두 모이면 쓰러뜨릴 수 있겠지만 이렇게 약하면 사병 몇 명 죽는다 해도 이상하지 않았다. 그만큼 모두 다 너무 약했다.

애초에 훈련을 할 상태가 아니었다.

"으음. 어떻게 된 거지……?"

공작가 고용인 중 문관이나 메이드는 그렇게 우수한데 어째서 사병만 이렇게까지 약할까. 불가사의했다.

"……아니 그건 그대가 너무 강한 것뿐인데……?"

"유즈리하 씨, 뭐라고 하셨어요?"

"아무것도 아니야. 자, 모두에게 그대의 힘을 과시하고 심취하게 만들어. 그렇게 하면 그대가 공작가에 장가올 때 반대세력이 하나 사라질 테니까——!"

유즈리하 씨가 무슨 말을 하긴 했는데 훈련장에 울려 퍼지는 싸움 소리 탓에 나에게는 잘 들리지 않았다.

그렇게 훈련을 시작한 후 토코 씨가 도착할 때까지.

웬일인지 유즈리하 씨의 기분은 점진적으로 급상승했고.

웬일인지 스즈하의 기분은 반비례하듯 급강하했다.

2

나는 토코 씨가 도착하자마자 웬일인지 즉시 호출됐다.

"저기, 스즈하 오빠, 대체 어떻게 된 거야?!"

"……그게 무슨?"

"우리랑 국교를 맺지 않는 나라 세 곳이 갑자기 귀속을 원한다던데!"

"네?"

잘 모르는 이야기라 다시 되물었다.

듣자하니 토코 씨의 골치를 썩이던 소국이 세 곳 정도 있었다고 한다.

영토는 작지만 유력한 부족이 존재하거나 귀중한 특산품이 있기 때문에 역대 국왕이 수도 없이 다가가려고 했지만 매번 거절당한 과거가 있는 나라들이었다나. 아무래도 꽤 폐쇄적인 듯했다.

당연히 토코 씨도 여왕 취임 후에 사자를 보냈지만 그 대답은 아주 냉담했다.

그런데 말이다.

그 세 나라가 최근에 와서 갑자기 드로셀마이엘 왕국으로의 귀속을 타진해온 것이다.

"저기, 축하드립니다?"

"그렇긴 하지만! 그렇긴 하지만 이건 아니잖아?!"

"아니, 그렇게 말씀하셔도."

"그야 내 책략이 잘 통했다거나 뭔가 큰 사건이 있었다면 이해하지만! 이번에는 아무것도 없었어! 아무런 전조 증상도 없이 갑자기 타진해왔다고! 그럼 스즈하 오빠가 또 뭔가 일을 저질렀다고밖에 생각할 수 없잖아?!"

과대평가가 너무 심하다.

그래도 만약을 위해 그 세 나라의 이름을 물어보자.

"응? 어딘가에서 들어본 기억이."

"그야 전부 내가 스즈하 오빠에게 정보를 모아오라고 말했던 나라니까."

"……토코 씨, 그런 나라에 절 보내려고 했던 겁니까?"

"이제 와서 스즈하 오빠를 평범한 나라에 보내려고 할 리가 없잖아."

뭐, 국교가 없는 나라라고는 했지만.

그건 그렇고 토코 씨의 오해를 풀어야겠지.

"우선 말씀드리겠는데 전 아무 짓도 안 했습니다."

"……정말?"

"그야 전 그 나라에 가질 않았는걸요. 아, 맞다."

내가 안 간 대신에 메이드인 카나데에게 정보 수집을 부탁했었다.

난 뒤에 대기하고 있던 카나데에게 말을 걸었다.

"저기, 카나데, 뭔가 알아?"

"……미안해. 주인님이 원하는 정보는 아직 모이지 않았어. 수집 전 단계."

"그렇구나."

"세 나라 다 폐쇄적인 걸로 메이드들에게 유명해. 그래서 우선은 쿠데타를 일으켜서 상층부를 왕국 귀속파로 교체한 후 정보를 쉽게 수집할 수 있게 만들었어."

"아무리 봐도 그게 원인이잖아?!"

대체 무슨 일이야.

내가 정보 수집을 부탁한 탓에 내가 모르는 곳에서 쿠데타가 일어나고 있었어. 그것도 세 곳이나.

"죄송합니다, 토코 씨. 아무래도 제가 발단이었던 것 같아요."

"으, 응, 그건 괜찮은데……그 메이드가 독단으로 벌인 일이야?"

"그런 것 같습니다. 물론 메이드의 책임은 저의 책임이니까."

"아니, 나로서는 엄청 도움이 됐으니까 반대로 고맙다고 인사라도 하고 싶은데……설마 진짜 스즈하 오빠가 벌인 짓이 아니었다니……! 하지만 스즈하 오빠의 메이드가 벌인 짓이라면 역시 스즈하 오빠가 저지른 것과 같다고 할 수 있나……?"

토코 씨가 뭔가 실례되는 일로 고민하고 있었다.

내가 무슨 짓을 저질렀다는 걸 전제로 하는 건 좀 아니지.

그 이후에는 토코 씨와 정보를 교환했고 오리할콘에 대해서 알게 된 것을 전했다.

내가 공작령에서 도적이나 마수를 퇴치했다는 걸 토코 씨는 이미 알고 있었다.

역시 여왕님. 귀가 밝았다.

그리고 토코 씨는 들었던 대로 성교국에 여왕 취임 인사를 드리러 간다고.

"그럼 성교국에 보낼 산더미 같은 선물을 몇십 대의 마차로 한 번에 운반해 가는 겁니까?"

"아니. 그런 걸 같이 옮기면 언제 그쪽에 도착할지 모르니까――. 그래서 선물은 따로 보내고 나랑 같이 가는 건 호위들뿐이지."

"과연 그렇군요."

그런 이야기를 나누다 난 타이밍을 봐가며 깨진 보석을 꺼냈다.

"토코 씨. 이것 좀 봐주세요."

"응……이게 뭔데?"

"우리가 온천물에 몸을 담갔다가 사악한 뱀이 출현해서 숨통을 끊고 해체했더니 안에서 이게."

"그게 대체 무슨 소리야?!"

자세히 설명하자 토코 씨는 상당히 놀란 듯 입을 딱 벌렸다.

"사쿠라기 가문 초대 공작의 요르문간드 전설이……진짜였구나……."

"뭐, 강하다는 건 전혀 아니었지만요."

"시끄러워. 스즈하 오빠가 말하는 강함은 전혀 신용할 수 없으니까."

뭐야, 그거 너무한 거 아니야?

충격을 받은 날 흘긋 본 토코 씨는 깨진 보석을 매섭게 노려보듯 관찰하다 햇빛에 비춰보고 뭔가 주문을 읊기도 했지만 머지않아 포기한 듯 크게 손을 들었다.
“무리야. 마력이 빠져나가서 잘 모르겠어. 일단 복원해야 될 것 같은데.”
“복원은 어떻게 하는 건가요?”
“평범한 보석이라면 몰라도 아마 이 보석은 마도구로서도 최고 랭크겠지. 아무리 내가 마도사로서 우수해도 이건 전문 마도구술사가 아니면 복원 불가능해. 하지만 그런 존재가 국내에는——맞다!”
토코 씨가 반짝거리던 얼굴로 날 바라봤다.
“저기, 스즈하 오빠도 나랑 같이 성교국 안 갈래?”
“성교국이요?”
“그래! 이런 고도의 보석을 복원할 수 있는 마도구술사가 우리나라에는 없지만 성교국엔 틀림없이 있을 거야! 그리고 스즈하 오빠가 같이 가주면 앞으로 들 호위 비용도 전부 공짜고! 응? 스즈하 오빤 어때?”
“저기, 전 딱히 상관은 없는데요……?”
어떻게 할지 스즈하 일행에게로 고개를 돌리자.
“괜찮지 않을까요? 여기서 공작가의 사병 훈련을 도와주는 것보다 값어치가 있을 것 같은데.”
“카나데도 찬성. 성교국에 잠입한 메이드와 정보 교환도 할 수 있어.”
“우뉴!”
뭔가 다들 찬성인 듯했다.

다만 단 한 명, 유즈리하 씨는.

"나, 나는 스즈하의 오라버니가 이대로 우리 집에 있었으면 좋겠는데……그러면 나랑 함께 훈련도 계속 할 수 있고……."

"흐——음——저기, 유즈리하, 친구인 내가 없는 동안 스즈하 오빠랑 꽤 즐겼다고 들었는데? 자기들만 스즈하 오빠랑 혼욕 온천을 즐기고 사병 훈련까지 돕게 하고 그 외에도 여러 가지로——."

"크윽."

"가끔은 내 부탁 하나 정도 들어줘도 되잖아."

"……잘 들어. 난 애끓는 심정으로, 애끓는 심정으로 토코의 제안에 찬성하는 거야……!"

아니, 그렇게 괴로운 얼굴로 말할 정도인가?

어쨌든.

우리는 토코 씨와 함께 성교국으로 향하기로 결정했다.

3 (토코 시점)

심야 사쿠라기 공작가 본가.

사쿠라기 공작령의 상징이기도 한 본가에는 왕가와의 끈끈한 유대관계를 과시하듯이 왕족 전용 객실로 사용하는 방이 준비되어 있었다.

대략 800년 전에 증축되었다는 전용 객실은 국왕을 맞이하기 위해 정성을 들여 손질된 바로 공작저의 진수라고도 말할 만한 방이었다. 역대 국왕 중에는 화려한 장식을 즐기는 사람이 적었기 때문에 겉보기에는 차분해 보이지만 구석구석까지 배려한 우아하고 아름다운 장식은 어딜 봐도 국보급이었다.

그리고 그 왕족 전용 객실에 여왕인 토코는 당연히 숙박――하지 않았다.

그렇게 된 이유는 지극히 단순.

집사장인 세바스찬 때문이다.

"――참나. 그 집사장에게선 나에 대한 경의라는 게 하나도 안 보인다니까! 난 여왕인데!"

공작 본가에서 두 번째로 격이 높은 즉, 왕족 이외의 중요 인물이 사용할 수 있는 곳 중 가장 격이 높은 객실에서 토코가 툴툴거리며 화를 내고 있었다.

대화 상대인 유즈리하는 쓴웃음을 지을 수밖에 없었다.

"뭐, 세바스찬이니까."

"이 방도! 왕족용 객실에 실수로 스즈하 일행을 재우게 됐으니까 난 이쪽 방에서 지내야 한다니, 그게 말이 안 되잖아! 그 냉혹 유능 귀축 집사가! 그런 실수를 할 정도로 무능했다면 그 녀석은 100번 정도는 불경죄로 죽었을 거라고!"

사악한 뱀을 퇴치하고 돌아온 후 스즈하의 오빠 일행이 머무는 객실이 바뀌었다.

안내받은 객실은 문외한의 눈으로 봐도 차원이 다를 정도로 격이 높았기에 스즈하의 오빠가 몇 번이나 되물었지만 직접 안내를 한 집사장이 유무를 따지지 않고 억지로 밀어 넣었다.

그게 의미하는 점은 하나.

──사쿠라기 공작가의 집사장으로서 스즈하의 오빠를 『한 수 위』로 인정했다는 것.

"뭐, 토코도 방 배정 자체에 화가 난 건 아니잖아?"

유즈리하가 묻자 토코가 순순히 고개를 끄덕였다.

"그야 당연하지. ──사쿠라기 공작가 최상의 객실은 사쿠라기 공작가 당주의 방보다 격이 높은, 시간도 비용도 전부 다 완전히 도외시한 진정한 진수. 그러니 그 객실을 사용할 수 있는 건 공작가 당주보다도 격이 높은 인물이 아니면 안 된다. ──그렇게 들었으니까."

"맞아."

평범하게 생각해보면 공작가보다 격이 높은 존재는 왕가밖에 없다. 그래서 왕가 전용으로 착각하곤 한다. 하지만 실제로는 사쿠라기 공작가 당주보다 한 수 위라고 판단된다면 왕이 아니라 해도 상관없었다. ──예를 들어 영지의 전설인 사악한 뱀을 쓰러뜨린 변경백이라든가.

"아무리 내가 현역 여왕이자 스타일 발군의 천재 미소녀 마도사라 해도 스즈하 오빠보다 격이 높다는 아주 달콤한 꿈 같은 건 안 꾸니까. 게다가 내 입장에선 스즈하 오빠가 내 목숨이랑 우리 나라도 구해줬으니 최상급 객실 같은 건 기쁘게 내어줄 거야."

"그럼 됐네."

"그건 그렇지만! 그냥 태연하게 넘어가지 말고 제대로 설명하라는 뜻이었어! 대충 멋쩍게 웃으면서 혀를 날름 내밀면서 넘어가지 말란 말이라고!"

토코는 그렇게 말했지만 현실에서는 어렵다기보다 터무니없이 무리한 요구였다.

왜냐하면 그 사실을 설명한다는 건 즉『지금 여왕보다 스즈하 오빠가 한 수 위다』라고 사쿠라기 공작가가 인정하고 있다는 것과 다름없으니까.

왕가에 정면으로 싸움을 거는 듯한 설명은 역시 못 하는 이상, 차질이 생긴 척해서 얼버무릴 수밖에 없는 것이다.

그런 건 두 사람 다 알고 있었지만 그렇다고 해도 너무 엉성한 집사장의 응대에『조금 더 면목 없다는 태도를 보여!』라고 말하고 싶은 토코였다.

뭐, 그건 그렇고.

"이걸로 사쿠라기 공작가 최후의 보루도 함락된 것인가. 그럼 스즈하 오빠는 실질적으로 공작가를 정복한 것과 똑같은 거 아니야?"

"세바스찬은 우리 집에서 가장 신중한 편이니까. 게다가 아버님도 대규모 투자를 그 녀석이 말려준 적이 몇 번이나 있어서 대등하게 맞서긴 좀 힘든 부분이 있거든."

"뭐, 그런 상대조차 감복하게 만든 스즈하 오빠가 새삼 대단하네……."

토코는 생각했다.

스즈하의 오빠가 무자각 치트를 발휘하는 건 이제 알지만, 조금 더 자중할 수는 없는 걸까.

안 그러면 이번 사쿠라기 공작가의 집사장처럼.

스즈하 오빠의 신봉자를 자각 없이 무더기로 만들어낼 테니까——.

*

그 이후로도 두 사람이 이야기를 나누고 있는데 작은 노크 소리가 들려서 유즈리하가 고개를 갸웃거렸다.

"누구지?"

"아, 내가 불렀어. 들어와."

"……응."

방에 들어온 건 스즈하 오빠의 메이드인 카나데였다. 혼자였다.

"스즈하 오빠에겐 말했어?"

"말 안 했어. 메이드의 일로 주인님께 민폐를 끼칠 순 없으니까."

"그래?"

스즈하의 오빠를 통하지 않고 직접 카나데와 이야기하

고 싶었던 건 만약 스즈하의 오빠 앞에서 이야기하면 사양할 수밖에 없는 내용이었기 때문.

"단도직입적으로 묻겠는데 왕가의 메이드가 되지 않을래?"

"……뭐?"

"토코, 스즈하 오라버니의 메이드를 빼돌릴 생각이야? 마음에 안 드는데?"

"그런 게 아니야!!"

이번에 토코는『카나데의 장래에 대해 이야기를 하고 싶어. 스즈하 오빠랑 같이 와도 돼』라고 카나데에게 말을 건넸다.

스즈하의 오빠에게 말을 안 한 건 우선 본인의 의향을 듣고 싶었기 때문이었다.

스즈하의 오빠에게 먼저 물었다 거절당하면 좀 멋쩍으니까, 가 아니다. 단연코.

"스즈하 오빠에게 들었는데 카나데가 성에서 유일한 메이드라며?"

"……맞아."

"스즈하 오빠가 카나데를 굉장히 칭찬했어. 듣자 하니 완벽한 슈퍼 메이드라며. 특히 청소를 잘한다고 들었는데?"

"……그 정도는 아니야. 하지만 카나데는 청소를 잘해."

무표정을 계속 유지하는 카나데였지만 코끝이 불룩 부풀어있는 걸 보면 마음속으로는 엄청 기뻐하는 걸 단번에 알 수 있었다.

"하지만 스즈하 오빠도 걱정하고 있었어. 카나데에게는 업무 동료도 또래 친구도 없는데 또래 친구를 만들 좋은 방법은 없는지."

"……문제없어. 게다가 메이드는 암흑을 살아가는 존재. 메이드의 길은 죽음을 아는 것."

"그건 대체 어디 메이드인데?!"

유즈리하가 무심코 태클을 걸었지만 토코도 물론 같은 마음이었다.

"그래서 내가 생각해봤지. 카나데를 우리 궁으로 부르면 어떨까 하고."

토코의 계획은 단순명쾌했다.

스즈하 오빠의 이야기를 들어보니 카나데의 메이드로서의 능력은 의심할 필요 없을 것 같고.

그러니 왕가의 메이드로서 카나데를 받아들이고 대신 왕가 메이드를 로엔그린 성에 몇 명 파견하는 것이다.

왕가의 메이드 부대는 천 명이 넘는 대부대로 카나데와 비슷한 또래 아이들도 많았다.

게다가 카나데는 정보 수집에도 유능하다는데, 왕가에는 첩보부대도 있으니까 적성이 있다면 그쪽에서 배워보는 것도 좋겠지.

그렇게 성인이 될 때까지 몇 년 동안을 왕가에서 일하고 그 이후에 다시 돌아가도 괜찮지 않을까——그런 토코의 이야기를 들은 카나데가 흥흥 콧소리를 내며 한 마디.

"우쭐해하지 마. 소녀."
"소녀는 너잖아?!"
"카나데의 진짜 주인님은 지금 주인님뿐. 소녀 따위와는 비교도 안 돼. 게다가 카나데의 정보 수집은 완벽. 그러니까 배울 필요 없어."
"호오. 그럼 지금 토코의 고민은?"
"스즈하보다 가슴 크기가 작다는 것."
"시시시, 시끄러워, 시끄러워!! 그런 건 신경 안 쓰거든?!"
아무에게도 말하지 않겠다고 결심한 비밀이 과감하게 폭로되어 전력을 다해 부정했지만.
"신경 쓰지 마, 토코. 그런 건 딱히 상관없잖아, 난 아직 스즈하보단 크지만."
"신경 쓰지 마, 토코. 카나데는 성장기라 아직 더 크겠지만."
"나도 아직 성장기야!!"
그렇게 서서히 여왕, 공작 영애, 메이드 세 사람의 캣파이트가 개최되었다.

그리고 바로 위층에서는.
"——오빠, 오랜만에 같이 안 잘래요?"
"왜 그래, 스즈하? 그런 말을 하다니 별일이네."
"오늘 밤은 절호의 찬스……아니, 무서운 꿈을 꿀 것 같아서요. 안 돼요……?"

"어쩔 수 없지."

그렇게 약삭빠르게 오빠와 함께 잠들게 된 여동생이 있었다.

다음 날 아침에서야 알게 되어 발을 동동 구르며 분해한 세 소녀도 있었다던가 아니라던가.

4

공작가 본가를 떠나 토코 씨와 성교국으로 향했다.

그건 좋지만 토코 씨는 여기까지 함께 온 호위부대를 왕도로 돌려보내고 말았다. 그래도 괜찮은지 물었더니,

"그야 스즈하 오빠도 유즈리하도 같이 있으니까 내 호위부대가 있어봤자 거치적거리기밖에 더 하겠어?"

그렇게 답했다.

내가 함께라서 그렇다는 건 잘 모르겠지만 유즈리하 씨가 일당백이라는 건 납득할 수밖에 없었다.

게다가 호위부대와 함께 마차도 돌려보내면 도로가 아닌 길로 갈 때도 쉬워진다. 도로를 따라 성교국으로 가려면 꽤 멀리 돌아가야 하기 때문에 여정 단축에도 크게 공헌하는 것이었다. 나와 달리 토코 씨는 여왕이니까 왕도로 돌아가는 게 늦어지면 늦어질수록 점점 업무도 쌓일 테고.

다만 마차를 돌려보낸 일로 인한 문제점이 딱 하나.

"저기, 저기, 스즈하 오빠, 목말 태워줘."

"그게 무슨 소리예요?"

도로를 벗어나 숲속으로 들어왔을 때 토코 씨가 불가사의한 부탁을 했다.

"아니, 그게. 마차는 돌려보냈고 난 스즈하 오빠 일행과 달리 마도사니까 계속 걸어가면 다리가 아프단 말이야. 이거 봐, 벌써 다리가 퉁퉁 부었잖아. 유즈리하도 스즈하도 그렇게 생각하지?"

"토코의 허벅지는 항상 퉁퉁 부어있잖아?"

"아니, 오빠. 토코 씨의 허벅지는 다른 기사들보다 더 두껍지 않아요? 분명 우리처럼 걸을 수 있을 거예요."

"시끄러워, 시끄러워! 난 여왕이야, 빈약한 마도사라고! 문인이라고!"

"네, 네, 알겠습니다."

진실이 어떻든 간에 토코 씨의 말에도 일리가 있었다.

그런 이유로 토코 씨를 내 어깨 위에 올리고 걸었다.

여왕이라고는 도저히 생각할 수 없는 모습이라는 감상평은 비밀이었다.

토코 씨가 참가해도 여행은 뭔가 변한 게 없었다.

가끔 호랑이나 곰이 나와면 스즈하가 한방에 걷어차 죽였고.

가끔 큰 매가 발견되면 유즈리하 씨가 작은 돌을 던져서

쏘아 떨어뜨렸고.

가끔 뱀이 발견되면 카나데가 마구 쳐서 없앴다.

다들 어딘지 모르게 의욕적인 이유는 토코 씨에게 활약을 보여주고 싶어서인가? 여왕님 앞이기도 하고 나에게 보여줘 봤자 좋은 일 따위 없으니까.

할 일이 없는 난 토코 씨와 이야기를 나누면서 걸었다.

"――즉 토코 씨는 성교국에 가기 싫었다고요?"

"그래. 호출한 이유도 명백하고, 무시하려고 했는데. 역시 그건 곤란하니까."

"이유라뇨?"

"그야 당연히 스즈하 오빠야."

"네에에? 저요?!"

갑자기 이름이 등장해 당황했다.

성교국이 주목할 만한 나쁜 짓은 아무것도 안 했을…… 텐데. 하물며 여왕인 토코 씨가 호출될 만한 일은――.

"아니, 아니, 그대가 잘못했다는 건 아니야."

"유즈리하 씨."

"이건 추측이지만 그대의 활약이 너무나 대단하니까 성교국 녀석들의 흥미를 끌었겠지. 그대가 잘못한 게 아니야."

"물론 그래. 이제 와서 스즈하 오빠를 주목하고 있다는 말을 하기엔 좀 늦긴 했지만!"

"뭐, 그래도 토코를 호출할 수 있는 권력자 치고는 반응이 빠른 편 아냐?"

"그렇지 않다니까, 오리할콘까지 나눠주면 바보라 해도 눈치챈다고——아아, 스즈하 오빠, 한 마디 못 한 말이 있는데."

"뭔가요?"

"성교국의 명목상 톱은 성녀인데 보면 깜짝 놀랄지도 몰라."

"네?"

"뭐, 보통 여왕이 인사를 하러 가는 것 정도는 사제가 적당히 대응할 테니까 성녀는 절대로 나오지 않겠지만. 스즈하 오빠를 데리고 가면 분명 만나겠다고 말할 게 틀림없어. 게다가 오리할콘이나 보석의 복원 문제도 있으니까 분명 성녀가 나올 거야. 그렇지, 유즈리하?"

"그 성녀님? 뭐, 보면 틀림없이 놀라겠지."

"저기, 대체 어떤 분이길래……?"

"자, 자, 그건 도착하고 나서의 즐거움으로 남겨둘게."

그런 말을 듣고 이 이상 물어볼 수도 없었다.

5 (유즈리하 시점)

도로를 따라 여행을 하지 않는 이상 당연하게도 노숙은 피할 수 없었다.

깊은 숲 안쪽에서 청년의 조용한 숨소리가 규칙적으로 들려왔다.

이 청년, 실제로는 대국의 변경백이며 이 대륙의 가장 중요인물 중 한 명이었지만 겉으로 보기엔 전혀 그렇게는 보이지 않았다. 자각 못 하는 게 원인일까.

그리고 청년의 팔을 끌어안고 잠든 건 여기사 학원의 교복을 입은 미소녀. 아직 어린 티가 나는 얼굴이었지만 그 가슴 부분은 거짓말처럼 컸다.

소녀가 청년의 팔에 아주 풍만한 두 개의 봉우리를 꾹꾹 누르면서 행복한 듯 잠꼬대를 중얼거리고 있었다.

"오빠, 제가 직접 만든 요리는 어때요……? 엄청 맛있어요? 다행이다……네? 하지만 가장 먹고 싶은 건 나……아, 네, 배부르게 드세요……!"

그리고 그 옆에는 바보 같은 잠꼬대를 정확하게 들은 소녀가 두 명.

말할 것까지도 없이 유즈리하와 토코였다.

"토코, 그거 알아? 스즈하가 직접 만든 요리는 정말 처참해."

"유즈리하가 그걸 어떻게 알아?"

"뒤에서 연습하는 걸 우연히 몇 번 본 적 있거든. 완전 숯덩이 제조기였다니까. 나도 남 말 할 입장은 안 되지만 사람에겐 걸맞은 일과 걸맞지 않은 일이 있는 것 같아."

요리도 전투도 완벽한 스즈하의 오빠도 귀족과의 흥정이나 연애와는 잘 맞지 않았다. 사람에겐 각자 맞는 자리가 있는 거라고 유즈리하는 생각했다.

“그런데 토코. 좋은 기회니까 물어보고 싶은 게 있는데.”
“뭔데?”
“토코가 장래에 왕도를 로엔그린 변경백령으로 옮길 생각이 있다고 들었어.”
토코가 눈을 끔뻑거렸다.
“그건 아직 아무에게도 말하지 않았을 텐데——아아, 한 사람 있네. 공작한테 들었어?”
“정확하게는 집사장인 세바스찬에게 들었지만.”
“뭐, 실제로 그럴 생각이야. 그게 몇 년 후가 될지는 모르겠지만.”
“의미를 모르겠어.”
유즈리하가 고개를 가로 저으며,
“난 몇 개월 정도 실제로 살아봤으니까 알지만 거긴 터무니없이 먼 변방이야. 애초에 물류에 절대 맞지 않는 지형이라니까. 미스릴이나 오리할콘은 매력적이지만 천도는 너무 과한 생각 아니야?”
“뭐, 보통은 그렇게 생각하겠지.”
“……설마 스즈하의 오라버니 때문이야?”
“당연하지.”
자세히 설명하라고 유즈리하가 시선으로 재촉했다.
토코가 작게 어깨를 움츠리며 말했다.
“그야 로엔그린 변경백이 평범한 귀족이라면 나도 천도 따위 생각하지 않았어. 너무 귀찮잖아. 반란을 일으키지 못하도록 미스릴이나 오리할콘 유통량과 병사 수를 철저하게 관리하고 성가신 일을 맡기다가 반란의 싹이 보이면 바로 없애버렸겠지."

"뭐, 그게 최소 조건이니까."

말만 들으면 터무니없이 악독하고 무도한 여왕 같아서 유즈리하는 내심 쓴웃음을 지었다. 하지만 그게 불가능하다면 얼른 몰수하고 왕가 직할령으로 만들어야 한다.

그 정도로 오리할콘의 산지라는 건 너무 매력적인 과실이었다.

"처음부터 왕가에서 몰수할 순 없어?"

"보상액이 너무 막대해서 지불할 수 없으니까."

"그것도 그런가."

확실히 오리할콘 광산 하나와 교환하려면 유즈리하 아버지인 사쿠라기 공작가는 광대한 공작령을 통째로 내놔야 할 것이다. 그래도 공작가 입장에선 이익이 되는 거래겠지. 다만 그런 이야기가 실제로 나온다 해도 유서 깊은 공작령을 내놓을 가능성은 반반. 그 정도로 대륙에서 유일한 오리할콘 광맥의 가치는 높았다.

"뭐, 평범한 귀족이라면 그런 느낌. 하지만 지금 한 이야기는 스즈하 오빠를 상대로는 전혀 통용되지 않아."

"어째서?"

"만약 반란의 싹이 보인다 해도 스즈하 오빠를 어떻게 쓰러뜨리겠어?"

"그것도 그러네."

가능성을 바로 생각해봤다——절대 무리겠구나, 응.

유즈리하의 머릿속에서 수백만의 국왕연합군이 스즈하의 오빠에게 일방적으로 두들겨 맞는 모습이 선명하게 떠올랐다. 안 돼, 안 돼, 절대 못 이겨.

설령 살육의 전쟁 여신이라고 불리는 자신이 백만 명 정도 있다 해도 스즈하의 오라버니가 이길 것 같았다. 너무 터무니없지 않나?

"다만 스즈하의 오라버니는 로엔그린 변경백령에도 오리할콘에도 흥미가 별로 없어. 토코가 부탁하면 영지를 바꿔주지 않을까?"

"안 돼. 아까도 말했듯이 대가를 지불할 수도 없고, 적당히 말로 타협해서 끝내면 외부에서는 왕가가 스즈하 오빠를 가볍게 봤다고 여길 거 아냐. 그건 최악이니까."

"그건 확실히 곤란하지."

"게다가 난 최종적으로는 천도에 메리트가 훨씬 더 많을 거라고 생각해."

너무 의외인 토코의 말에 유즈리하가 귀를 의심했다.

"즉, 그런 사정이 없어도 적극적으로 천도해야 한다고?"

"그렇지."

"모르겠어. 그야 스즈하의 오라버니가 있다는 사실로 인해 절대적인 방어력이나 안도감은 있겠지만 역시 물류 사정을 뒤바꿀 정도는 아니라고 생각하는데."

"그것뿐이라면 그렇겠지. 하지만 유즈리하는 한 가지를 잊고 있어."

"뭐라고?"

토코의 말에 생각하는 유즈리하.

그야 스즈하의 오라버니에겐 당연히 멋진 포인트가 얼마든지 있다.

요리도 맛있고 마사지도 최고에다…….

"유즈리하도 모르겠어? ——지도력이야, 지도력."

"뭐?"

"생각해봐. 스즈하 오빠는 계속 스즈하에게 전투를 가르쳐주고 최근에는 유즈리하의 훈련 상대도 되어주잖아? 이미 두 사람의 스승 같은 존재지."

"뭐, 지금은 그런 말을 들어도 어쩔 수 없지만……미래엔 파트너가 될 예정이거든."

"그건 어떻든 상관없고. 그래서 이제는 스즈하도 유즈리하도 이 대륙에서 스즈하 오빠를 제외하면 다섯 손가락 안에 들 정도로 강하잖아? 그런 일이 스즈하 오빠 말고 가능하다고 생각해?"

"절대로 불가능하지."

"즉 그건 스즈하 오빠의 지도력이 최강이라는 뜻이 되잖아?"

"아니, 잠깐만, 토코. 그게 그렇게 되는……거야?"

유즈리하가 아는 한 스즈하의 오빠는 전투 교육 방법이

뛰어난 타입은 아니었다.

굳이 말하자면 천재가 독학한 타입이라 감각적인 지시어가 많았다. 예를 들어『상대의 주먹이 슥 들어올 때 휙휙 움직이다 꽉 모아서 팟』이라는 느낌.

유즈리하가 떨떠름한 얼굴로 말했다.

"저기, 토코. 납득이 전혀 안 가는데……?"

"하지만. 스즈하 오빠와 함께 훈련하면 의욕도 생기고 마사지도 최고라 결과적으로는 강해져. 틀림없지?"

"그건 부정할 수 없지만……."

"그러니까 우선 급한 대로 왕립 최강 기사 여학원의 분교를 만들려고. 물론 로엔그린 변경백 영도에. 유즈리하나 스즈하의 절반만이라도 강한 여기사가 10명 정도 나오면 그것만으로도 전력 과잉일걸."

"으음……."

토코가 말하고자 하는 건 알겠다.

파트너의 지도력……은 제쳐 두고 같이 훈련한 상대를 비약적으로 강하게 만드는 건 틀림없으니까. 하지만.

"그럼 내가 파트너와 훈련할 시간이 줄어들고 말잖아──!"

어떻게 토코의 계획을 망쳐버릴지, 몰래 계략을 세울 것을 맹세하는 유즈리하였다.

6

산과 강을 몇 개나 넘어 드디어 도착한 성교국.

토코 씨에게 사전에 도시 국가 같은 곳이라는 이야기는 들었지만 뭔가 굉장했다.

경비가 엄중해 도시 안으로 들어갈 때도 좀 고생했다.

우리는 토코 씨의 여왕 파워로 특별대우를 받았기 때문에 기다리지 않고 들어왔지만 순례 등으로 평민이 들어가려면 하루 정도 기다리는 건 당연한 듯했다.

게다가 이 나라, 대성당이 있는 중심 구역은 일부 인간 이외에는 출입금지였다.

그 일부 인간이라는 건 기본적으로 사제 이상의 고위 성직자와 성교국이 인정한 나라의 왕족들뿐. 즉 난 당연히 아웃이라 쳐도 공작가 직계 장녀인 유즈리하 씨는 물론 그 아버지인 공작가 당주조차 아웃이라는 사실에 두 손 두 발 다 들고 말았다.

즉 우리 모두 토코 씨의 수행원이라는 형태로밖에 들어갈 수 없었다.

"어때? 어쩐지 기분 나쁜 나라지?"

"아하하……유즈리하 씨라면 우격다짐으로 들어갈 수 있을 것 같은데요."

"그대가 같이 하자고 한다면 흔쾌히 동참할게."

"그런 말은 안 했거든요?!"

그런 이야기를 나누면서 중심 구역으로 들어갔다.

극단적으로 출입을 금지했던 만큼 중심 구역은 어딜 봐

도 굉장했다.

그림에서만 나올 것 같은 호사로운 대성당이 몇 채나 줄지어 서 있는 느낌.

그 중심에 있는 유난히 화려한 대성당에서 성녀님을 알현하게 되었다.

"토코 씨, 성교국 톱은 성녀님이죠?"

"겉으로는——. 실제로는 교황이니 추기경이니 대사제니 하는 존재가 독자적인 권력을 갖고 있고 꽤 냉엄하다던데?"

"곤혹스러운 이야기네요……."

"적어도 성녀는 우리 나라랑 친하니까. 다른 녀석들은 몰라도."

그런 이유에서인지 토코 씨와 성녀님의 알현에 나와 유즈리하 씨도 함께 따라가게 되었다. 역시 나머지 일행은 별실에서 대기해야 했다.

*

완전히 시골 촌뜨기 같은 모습으로 알현실로.

그리고 성녀님이 나왔을 때 난 굉장히 깜짝 놀랐다.

왜냐하면 알현실에 나타난 성녀님이 바로 토코 씨였으니까.

정확하게 새하얀 드레스를 입고 티아라를 쓴 토코 씨. 아주 발군인 스타일도 당연하듯이 그대로였다.

"응……? 토코 씨가 두 명?"

"헤헤, 놀랐지? 성교국 성녀는 우리 언니야."

"그렇답니다. 반가워요, 로엔그린 변경백."

"아, 네! 저야말로."

당황한 채 인사를 건넨 후 성녀님의 이야기를 들었다.

듣자 하니 이 성녀님은 선천적으로 마력이 토코 씨 이상으로 강했다고 한다.

그래서 차기 성녀 후보로서 어릴 때 성교국으로 보내졌다고.

여러 가지 일이 일어난 끝에 멋지게 성녀가 되었다고 했다.

"그렇습니까. 굉장하시네요!"

내가 솔직한 감상을 전하자 토코 씨와 똑 닮은 성녀님은 우아하게 고개를 가로저었다.

"아뇨, 로엔그린 변경백이 훨씬 대단하십니다."

"아뇨, 아뇨, 아닙니다."

"겸손하실 필요 없습니다. 전 타국의 정보를 잘 모르지만――그래도 당신이 오거 무리를 섬멸하고 이 대륙을 구한 사실, 쿠데타를 저지해 토코의 생명을 구한 사실은 들었습니다."

"그건 우연이었습니다."

"설령 우연이라 해도 양쪽 다 바로 가까이에 있던 유즈리하조차 불가능했던 건 사실. 그 살육의 전쟁 여신조차

이루지 못한 일을 우연이라 해도 완수할 수 있는 대장부가 이 세상에 얼마나 있을까요?"

"아, 아뇨! 오거 무리를 섬멸할 때는 유즈리하 씨도 함께 쓰러뜨려주셨고 쿠데타 때도 양동작전으로 크게 활약해주셨어요!"

서둘러 말을 더하는 나에게 유즈리하 씨가 떨떠름한 얼굴로 귓속말을 했다.

"……이 성녀는 토코처럼 말이 직설적이야. 거기까지는 같은데 언니는 더욱 더 질이 나빠."

"유즈리하, 다 들리거든요?"

"……아, 저기, 사이가 좋은 건 잘 알겠는데요."

이 성녀님, 겉보기엔 화이트 토코 씨인데 속은 블랙 토코 씨였다. 맙소사.

토코 씨는 그런 성녀님의 모습에 화도 내지 않고 말했다.

"꽤 오랜만인데 언니는 여전히 건강해 보이네. 안심했어."

"당연하죠. 아직 병에 질 순 없으니까요."

……성녀님은 병에 걸린 걸까?

의문스럽게 생각한 나에게 토코 씨가 알려주었다.

"있잖아, 성녀만이 매우 드물게 걸린다고 알려진 특수한 질병이 있는데. 그 병에 언니도 걸렸거든."

"뭐, 어쩔 수 없죠. 성녀의 숙명이니."

성녀님 표정이 아무렇지도 않았기 때문에 그렇게까지 심각한 거라고는 생각하지 않았다.

……그때는.

"그런 것보다 로엔그린 변경백."

"왜 그러시죠?"

"성교국에서는 새로 추기경이 될 사람을 찾고 있습니다. 지원해보시지 않겠습니까?"

"잠깐, 언니?!"

"아뇨, 전 그렇게까지 믿음이 깊지 않아서요. 죄송합니다."

"그런 건 상관없답니다. 저도 이렇게 성녀가 되었지만 신앙심 따위 솔직히 말해 평균 이하니까요. 흔한 평민들과 다를 게 없지요."

"그런 말을 솔직히 하면 안 되는 거 아닌가요……?"

"로엔그린 변경백에게 그럴 마음이 있다면 제 권력을 최대한 활용해서 추기경단의 말단으로 넣어드릴 수 있습니다. 그 이후에는 생각 나름이겠지만——뇌물과 부패가 만연한 사이비 성직자들을 때려 부수고 저와 함께 천하를 가져보지 않으시겠어요?"

그런 말을 토코 씨 얼굴로 한다는 게 가장 무서웠다.

한편 진짜 토코 씨는 어떤 상태냐면.

"바바바, 바보 같은 소리 마! 스즈하 오빠는 나랑 계속 함께할 거니까!"

"오호호호호."

"스즈하 오빠를 빼앗아가지 말라고! 언니 바보!"

……떼를 쓰는 아이 같은 토코 씨는 처음 봤다. 여왕으

로서 연일 이어지는 격무에 피곤해진 걸까?

그리고 유즈리하 씨는 어떤 상태냐면.

"흐음……내가 성녀고 파트너가 교황……. 괜찮겠는데……."

뭔가 수상해 보이는 혼잣말을 중얼거리면서 얼굴을 히죽거리고 있었다.

그 이후 냉정함을 되찾은 토코 씨와 성녀님의 회담은 무사히 진행되었다.

내가 성녀님의 질문에 대답을 할 때도 있었는데, 그때마다 성녀님이 과하게 놀라줘서 기분이 좋아지기도 했다.

그러한 배려에 사람 위에 서는 사람이라는 느낌을 받았다.

"――그, 그럼 변경백은 토코를 도와주기 위해 홀로 왕성으로 잠입했다는 거군요?! 그것도 자기 몸을 돌보지도 않고! 하수도에 스스로 잠입해 사로잡힌 공주를 구하다니――우와――불타오르는데요?!"

"저기, 스즈하 오빠! 나도 이제 부끄러우니까, 응……?"

"그래서 토코를 구했을 때는 어떤 모습이었나요?!"

"토코 씨 가슴을 재상이 칼로 찔러서 정말 너무 초조했었죠."

"재상은?! 악의 재상은 어떻게 됐나요?!"

"그게 정신 못 차린 사이에 힘껏 후려쳐버렸다는 걸 나중에 들었습니다. 일단 그때는 토코 씨밖에 눈에 들어오지 않았으니까요."

"꺄아!! 역시 기사님!!"

"저, 저기, 스즈하 오빠! 그 이야기는 이제 됐으니까 오리할콘 정보나 보석을 복원해달라는 이야기나 하자, 부탁이니까, 응……?!"

"그래서 그때 토코의 모습은?!"

"토코 씨는 이미 목소리가 안 나오는 상태였지만 아주 약간 입을 움직이셨습니다. 그걸로 하고 싶은 말을 알게 됐죠."

"스즈하 오빠?!"

"뭐라고, 뭐라고 말하고 싶었나요?!"

"그게 그러니까……."

"두근두근."

"……말 안 하면 안 됩니까?"

"당연히 안 되죠."

"스즈하 오빠, 말하지 마! 제발——."

"유즈리하. 입을 막아버려요."

"으으읍?!"

"미안, 토코……."

"아시겠습니까, 로엔그린 변경백, 이 일은 저에게는 성교국의 성녀로서 그리고 언니로서 알 권리가 있습니다! 토코의 입도 막았으니 자, 어서 말해보세요!!"

"……키스해달라고……."

"왔다——아아아아아!!!"

"……차, 차라리 죽여줘……."

……아니 나도 사실은 계속하고 싶지 않았다. 좀 부끄러운 이야기였으니까.

하지만 정말 성녀님의 압박이 굉장했다.

뭐랄까 『불어, 전부 안 불면——알지?』라는 권력자의 압박이.

그래서 어쩔 수 없었다.

결코 울상이 된 토코 씨가 귀여워서 계속 말한 건 아니었다. 난 잘못이 없어, 분명.

참고로 그 이후에 어떻게 됐냐면.

성녀님은 여동생의 구출담에 미칠 듯이 춤추며 기뻐했고 그 옆에서 새하얀 재로 변해 무너져 내린 토코 씨, 그리고 치와와처럼 떨고 있는 나라는 아비규환의 지옥도 같은 상황이.

"그래서 키스는, 키스는 어떻게 했어?! 키스했어——?!"

그중에서 유일하게 말릴 수 있는 입장이었던 유즈리하 씨는, 성녀님과 하나가 돼서 엄청 흥분하고 있었다.

7

시종용으로 준비된 객실로 돌아온 난 쓰러지듯이 침대에 가로누웠다.

"피, 피곤해……."

"오빠, 알현은 어떤 느낌이었어요?"

"상황이 너무 혼란스러워서 설명 못 하겠어……."

"대체 무슨 일이 있었던 거예요?!"

스즈하가 놀랐지만 내가 놀란 것은 그 이상이었으니 좀 봐줬으면 좋겠다.

그 이후 새하얀 재에서 어떻게든 다시 회복한 토코 씨가 눈물 고인 눈으로 실컷 노려보며 『애들한테 말하면 절대 용서 안 해!』라고 못 박아 버렸다.

즉 스즈하에게 말 안 하면 용서받을 수 있다는 것인가? 정말 다행이다.

"뭐, 어떻게든 부탁은 하고 왔어."

"보석 복원이요?"

"응. 성녀님이 직접 고쳐주시겠다고 하셨어. 하지만 천천히 마력을 주입시켜야 해서 시간이 좀 걸린대. 그리고 오리할콘 정보는 듣기 어려울 것 같아."

"시간이 어느 정도 걸리는데요?"

"그건 성녀님도 잘 모르시는 것 같더라. 빨라도 몇 년, 늦어도 몇십 년이라고 하셨으니까."

"정말 긴 시간이네요……."

"그리고 성녀님께 지병이 있대. 알현할 때는 건강해 보이셨는데."

태연히 화제를 넘기자 스즈하가 『아아』하고 소리를 흘렸다.

"성녀병에 걸리신 거예요……? 그럼 성녀님이 살아계신 동안은 어려울지도 모르겠네요. 성녀병에 걸린 성녀님은 단명한다고 들었거든요."

"성녀병?"

"성녀님만 걸려서 성녀병이라고 불린대요. 물론 속칭이지만. 정확하게 기억은 안 나는데 그 병에 걸려서 30살까지 산 성녀님은 드물다고."

"그게 진짜야……?"

"유명하진 않지만 나름대로는 알려진 이야기라 저도 기사학교에서 들은 적이 있어요."

너무나 건강해 보여서 그렇게 심각한 병인 줄은 몰랐다.

"……그래……?"

토코 씨의 언니니까 가능하면 뭔가 해주고 싶었다.

그야 나 따위가 할 수 있는 일은 극히 적겠지만.

그래도 통증을 완화시키는 것 정도는 가능하지 않을까……?

"저기, 스즈하, 카나데는 어디 있어?"

"아까 청소한다면서 나갔는데……아, 지금 왔네요."

"호출하면 바로 와."

"카나데가 여기까지 청소를 할 필요는 없을 텐데?"

"주인님이 머무는 곳치곤 청소가 허술해. 그래서 철저하게 했어. 칭찬해줘."

"그, 그래……? 열심히 일하는 모습이 대단하네, 카나데는."

뭐, 카나데 성격상 이쪽 메이드에게 방해가 되는 일은 하지 않았겠지.

일단 머리를 쓰다듬자 카나데는 고양이처럼 눈을 가늘게 뜨고 웃었다. 기뻐 보였다.

"카나데에게 부탁이 있는데."

"뭔데?"

"이 건물 지붕 밑의 정보를 손에 얻을 수 없을까?"

"맡겨줘."

밑져야 본전으로 부탁했는데 카나데가 바로 맡았다.

우리 메이드가 너무 우수해 다행이야.

*

토코 씨와 함께 성녀님을 알현한 그날 밤.

나는 카나데가 알려준 숨겨진 정보를 사용해서 성녀님을 만나러 가기로 했다.

경비는 없는 거나 마찬가지였다.

망설일 것 없이 성녀님 방 바로 위에 도착해 천장 위에서 상태를 살펴보니 성녀님은 침대에 몸을 눕히면서 몇 번이나 콜록콜록 입 안이 쓴 듯 계속 재채기를 했다.

낮에 본 모습과는 달리 꽤 힘들어 보였다.

내가 천장 위에서 얼굴을 내밀어도 눈치를 못 챘고 몇 번이나 손을 휘두르자 그제서야 알아차렸다.

"――당신은――?!"

"안녕하세요. 성녀님과 이야기를 나누고 싶어서 왔는데 괜찮으실까요?"

"아, 네에……."

"감사합니다."

천장 위에서 성녀님 침실로 내려가자 성녀님이 침대 위에서 몸을 일으켰다.

"……로엔그린 변경백은 꽤 대담한 분이군요……."

"그런 건 아닙니다."

나도 평소라면 아무리 말을 하고 싶다 해도 이런 짓은 하지 않는다.

하지만 성녀님과 토코 씨가 자매였고 게다가 두 사람 사이가 좋아 보였으니까.

여동생인 토코 씨와 관련된 대화가 의외로 술술 잘 풀려서, 뜻밖에도 성녀님과 마음을 터놓게 됐다.

성녀님은 울면서 무릎을 꿇으면 마지막에는 곤란한 얼굴로 용서해줄 것 같은 타입.

――그래서 대담하지 않다고 설명했더니 성녀님은 이상하다는 듯한 얼굴로 날 바라봤다.

"그런 건 변경백이 천장 위로 잠입할 이유는 안 될 것 같은데요."

그건 그렇다.

난 천장 위에 숨어들 수 있다면 어디든 잠입할 정도로 변태가 아니었다.

"대체 어떤 이유인지 알려주시겠어요?"

"병에 걸리셨다는 말에 뭔가 제가 할 수 있는 일이 없을지 고민해봤습니다."

"그건 낮에 물어봐도 될 이야기 같은데요?"

"정말 죄송합니다, 심각한 병이라는 말을 그 이후에 들었거든요."

"어쩔 수 없는 분이네요——."

성녀님이 후우 숨을 내쉬었다.

"그럼 사실대로 이야기하죠. ——내 수명은 기껏해야 앞으로 몇 년입니다."

"네에에에?!"

"체내에 있는 마력이 굳어지면서 최종적으로는 온몸이 석상처럼 변하는 병이라는군요. 게다가 마력이 성녀가 될 정도로 많지 않으면 애초에 증상이 발현되지 않기 때문에 성녀만 걸리는 병이라고 부르는 겁니다."

"확실히 제 여동생도 성녀님께서 30살까지 사시는 건 드물다고 했습니다. 하지만 그렇게 빨리……."

"이 일은 토코도 모르니까 비밀로 해줘요."

"알겠습니다. 저기, 약은 드시나요?"

"기껏해야 진통제가 다예요. 치료할 약이 없으니까요."

"말도 안 돼……."

"제 몸속에 있는 방대한 마력이 폭주한 결과, 이 병이 발병한 것 같아요. 치료법이라면 나를 압도하는 마력으로 내 몸을 내리쳐서 폭주한 마력을 철저하게 때려눕힐 수밖에 없는데——그런 일은 전설의 엘프족 장로도 불가능해요. 왜냐하면 난 성녀니까요."

토코 씨도 말했다.

언니는 본인보다 훨씬 마력이 강해서 성녀 후보로서 선택됐다고.

그리고 무수히 많은 후보자 중에서 실제로 차기로 선택된 성녀님이니 마력이 얼마나 많을까.

"저기, 제가 도울 수 있는 일은——."

"없습니다. 천국으로 갈 수 있게 빌어주세요."

예상 그대로의 대답이 돌아왔다.

"그러니까 변경백. 이제 그만 가십시오."

"네. ……하지만 하나만 더."

"뭔가요?"

"독자적인 방식이긴 하지만 저도 치료 마법을 사용할 수 있습니다. 통증이 조금은 완화될 겁니다. 한번 사용해보시겠어요?"

나의 치료 마법은 단순한데 마력을 흘려보내서 상대를

치료하는 것이었다.

그래서 섬세한 치료나 마력이 적은 인간을 상대로는 오히려 위험했다.

하지만 성녀님이라면 괜찮을 것이다. 마력량이 현격하게 차이가 나니까.

나의 제안에 성녀님이 미소 지었다.

"변경백의 제안, 기쁘게 생각합니다."

"하지만 한 가지 문제가 있습니다."

"뭔가요?"

"저의 마력을 흘려보내기 위해선 환부에 꽉 밀착해야 하거든요. 즉 성녀님을 충분히 만져야 하는데——."

"으윽——?!"

——그 이후 어떻게 됐냐면.

쑥스러워하던 성녀님의 타협안으로, 난 침대 위에 올라와 성녀님을 무릎 위에 놓고 뒤에서 꽉 안았다.

성녀님은 처음에 귀까지 빨개지며 다리를 버둥거렸지만.

이윽고 통증이 완화된 것인지 꽉 안긴 채 작게 숨소리를 내며 잠들었다.

결국 난 아침까지 성녀님께 치료 마법을 계속 걸었고.

아침 해가 뜰 무렵 치료를 끝낸 후 성녀님을 침대 위에 재워놓고 물러났다.

성녀님은 편안하게 숨소리를 내며 잠들어 있었다.

8

역시 수면 부족 상태인 내가 모두와 늦은 아침을 먹고 있었을 때.

벌컥! 식당 문이 난폭하게 열렸고 거기에 성녀님이 서 있었다.

"이게 대체 어떻게 된 겁니까——?!"

"네? 네?"

"오늘 아침 일어났더니 눈이 딱 떠지고 통증도 사라진 데다 화장실에서도 편안했어요!!"

"저기, 그건……잘됐네요?"

"네에, 최고죠! 하지만 이건 좋은 일이 아닙니다——!"

달려온 성녀님이 내 어깨를 꽉 잡고 앞뒤로 흔들어댔다.

대체 어떻게 된 거지?!

컨디션이 안 좋은 건 아닌 것 같으니 치유 마법의 악영향이라고도 생각할 수 없고.

보고 있는 모두에게 도와달라는 눈으로 호소했는데,

"——흐음. 보아하니 그대가 또 무슨 짓을 저지른 거지?"

"오빠는 여자를 울리니까요. 어차피 또 뭔가 무자각 치트로 성녀님을 구했다거나 그런 거 아닐까요?"

"평소엔 냉정한 언니가 저렇게 될 정도니까 스즈하 오빠가 원인인 건 확실해.”

“하지만 난 아무것도 못 들었는데? 스즈하는 어때?”

“저도 그래요. 이건 취조가 필요하겠네요. 카나데, 도구 준비해.”

“……채찍과 양초는 이미 준비되어 있어.”

“잠깐만, 날 어떻게 할 생각이야?!”

“심문.”

그 이후 난 어떻게든 성녀님을 진정시키는 데에 성공했고.

카나데의 채찍과 양초를 사용한 심문을 어떻게든 스톱시켰다.

이야기의 흐름상, 어젯밤 일을 말 안 할 수도 없었기에.

일을 순서대로 전부 다 이야기하자 토코 씨가 떨떠름한 얼굴로 고개를 끄덕였다.

“……과연, 나에게 말 안 한 건 정답이었던 것 같아. 성녀의 침실에 몰래 들어갔다는 이야기를 여왕이 듣고 내버려 뒀다면 그거야말로 외교문제가 되니까.”

“그래도 파트너인 나에게는 말해도 되잖아?”

“유즈리하 씨에게 말했다 만에 하나 무슨 일이 생기면 사쿠라기 공작가에 폐를 끼치게 되잖아요.”

“으음. 그건 그렇지만…….”

“저기, 오빠, 저는요?”

“스즈하에게 말하면 분명 같이 가겠다고 떼를 썼을 테니까.”

"같이 가도 되잖아요."

스즈하는 납득이 안 가는 듯했지만 그럴 리가 없다고 말하고 싶었다.

"그런데 성녀님은 왜 큰 소리로 따지러 오신 건가요――?"

"그야 아침에 일어났더니 변경백은 안 보이고 오랫동안 지속되던 몸의 통증이나 막힌 마력이 정말 깔끔하게 나아졌으니까요!!"

"그야 치유 마법을 걸었으니까요."

"그런 걸로 통증이 사라진다면 의사도 모르핀도 필요 없겠죠――!!"

즉 성녀님은 나의 치유 마법이 실패할 거라 생각했던 건가?

그건 좀 그렇지 않아?

"……과연, 겨우 무슨 이야긴지 알겠어. 이건 스즈하 오빠 때문이네."

"제가 치료 마법을 걸어서 성녀님의 통증이 사라진 것뿐 아닙니까?"

"잘 들어. 보통은 불치의 병에 치유 마법을 걸어봐야 통증이 일시적으로 경감할 뿐, 통증이 근본적으로 사라지거나 막힌 마력이 풀리지 않아."

그때 토코 씨가 깜짝 놀란 얼굴로.

"――알았다, 그런 거였어?"

"저기, 토코 씨?!"

"생각해봤는데. 성녀병은 분명 언니의 과잉 마법이 폭주

해서 굳은 게 원인이잖아? 그렇다면 아마도 스즈하 오빠의 무식하게 압도적인 마력이 언니의 나쁜 마력을 철저하게 유린한 거 아닐까? 그래서 병이 완치된 거야, 분명!"

"네에……?"

그건 말도 안 된다고 모두를 바라보자.

웬일인지 모두가 그런 거라면 납득이 간다는 얼굴을 하고 있었다.

"보통은 말도 안 되지만 스즈하 오라버니의 마력이라면 성녀의 마력을 압도한다 해도 전혀 이상하지 않으니까. 내 파트너의 치유 마법에 나도 몇 번씩이나 목숨을 구원받았고――."

"스즈하 오빠는 심장에 칼이 박힌 나도 치유 마법으로 고쳤으니까. 그렇게 생각하면 언니를 치료했다고 봐도 이상하진 않지……안 그래?"

"말도 안 돼……정말 내 몸이……?"

와들와들 떠는 성녀님에게 내가 손을 들어 진언했다.

"성녀님, 일단 성교국 마법의한테 가서 정밀 검사를 받아보는 게 어떨까요?"

"그, 그러네요……!"

일시적으로 기뻐하다 바로 낙담하게 된다면 나로서도 견딜 수 없을 테니까.

성녀님이 다시 흥분하기 전에 다 함께 마법의 곁으로 보냈다.

9

성녀님의 검사 결과가 나올 때까지 우리는 성교국을 떠날 수 없게 되었다.

뭐, 당연한 조치라고 생각했다.

좋은 변화라고 해도 성녀님께 이변이 일어났고 검사 결과가 만약 안 좋게 나왔을 때 우리가 이미 출국해버린 상태면 어떻게 할 수도 없으니까.

게다가 나도 성녀님이 어떤 상태인지 확인해두고 싶었고.

"그럼 오후엔 어떻게 할래?"

성교국에 온 지 10일째.

점심을 먹고 잠깐 쉬고 있는데 유즈리하 씨가 설레는 얼굴로 물었다.

"오후엔 나랑 성교국을 관광하는 게 어때? 가, 가끔은 둘이서——!"

"좋네요, 그거. 그럼 다 같이."

"……으응, 그래……다 같이. 후후후……."

웬일인지 나른한 표정으로 변한 유즈리하 씨의 모습에 고개를 갸웃거리고 있는데 성교국 수녀님이 방을 방문했다.

듣자 하니 내가 호출됐다고 했다.

"……네? 저 말입니까?"

"네, 틀림없습니다. 성녀님, 교황님, 대주교님께서 기다리고 계십니다."

수녀님의 말에 토코 씨가 눈을 크게 떴다.

"잠깐만, 그럼 성교국의 탑 쓰리가 총출동했다는 거잖아!"

"그런가요?"

"그래! 다른 나라로 치면 국왕, 대통령, 수상 같은 존재라고!"

"그럼 기다리게 하면 안 되겠네요."

짚이는 게 너무 많은 나였다.

나쁜 이야기인지 어떤지는 둘째 치고 여기서 도망칠 순 없겠지.

"그럼 이쪽으로. 세 분이 호출하신 건 로엔그린 변경백뿐이니 다른 분들은 이대로 기다려 주십시오."

"아니, 잠깐만, 나도 당연히 갈 거야! 왜냐하면 파트너니까!"

"저도 당연히 가겠어요, 오빠의 여동생이니까."

"……세 분의 최고 의사 결정회의에는 외부인 참가는 인정되지 않습니다."

모두 다 나와 함께 가겠다고 꽤나 떼를 썼지만 역시 인정되지 않았고, 간신히 일행의 책임자인 토코 씨만이 동석을 허락받았다.

다들 나에게 만에 하나 무슨 일이 생기면 어떻게 하냐고 걱정하는 듯했다.

감사한 마음만 받아야지.

*

성교국 중심에 우뚝 솟은 대교회 꼭대기에 그 작은 방이 있었다.

유구한 역사를 가진 교회 미술을 마치 한 방에 응축시킨 것 같은 호화찬란한 비밀의 방. 아마 이 방에 있는 장식품 중에 국보가 아닌 것을 찾는 게 더 힘들 것이다.

그리고 중심에 놓인 원탁에 둘러앉은 세 명의 인물.

한 사람은 말 안 해도 다 아는 성녀님. 안색이 좋아 보여서 일단 안심했다.

한 사람은 눈초리가 예리하고 강건해 보이는 노인. 어떻게 봐도 군인 타입으로 대머리가 잘 어울렸다.

한 사람은 아주 마르고 눈초리가 예리한 노인. 이쪽은 어떤 나라의 재상 같았다.

"일부러 오시게 해서 죄송합니다——."

"아뇨, 당치도 않습니다."

성녀님의 소개에 의하면 대머리의 군인 같은 분이 교황님이고 마른 재상 같은 분이 대주교님이라고 했다. 어느 쪽이든 나 같은 사람에겐 구름 위의 존재였다.

서로 간단한 자기소개를 끝내고.

"——그럼 우선 결론부터 전하겠습니다."

침을 꿀꺽 삼키는 나에게 성녀님이 엄숙한 얼굴로 고했다.

"저의 병은 깔끔하게 사라졌습니다."

"즉, 나았다는 건가요——?"

"성교국의, 즉 세계 최고 클래스의 마법의가 전부 집결해 며칠에 걸쳐 날 철저하게 조사했습니다. 그러니까 틀림없겠죠. 조만간 대륙 전체에 공식 발표될 예정입니다. ——다만 쾌차한 경위에 대해서는 역시 공표할 수 없기 때문에 신의 기적이라고 하게 되겠지만요."

"축하드립니다!"

"후훗, 감사합니다. 이것도 전부 변경백 덕분입니다."

성녀님이 굳이 의자에서 일어나 인사를 건네는 바람에 내가 서둘러 답례했다.

병이 나았다는 기쁨과 함께 의문도 생겼다.

……그럼 난 왜 이런 장소에 불려온 거지?

"왜 이상한 표정을 짓고 있나, 변경백."

나의 속마음이 얼굴에 드러난 것인지, 대머리의 교황님이 말을 걸었다.

"자넨 이 성교국의 마법의가 아무리 공을 들여도 치료할 수 없었던 불치병을 치료했다. 우리가 한번 보고 싶다고 생각하는 것도 당연한 거 아닌가?"

"그건 우연입니다."

"물론 한 번 보는 걸로 끝낼 생각은 없다만."

"잠깐만요! 제가 인사만 드리겠다고 몇 번이나 확인했잖습니까?!"

성녀님이 허둥댔지만 교황님은 흥 콧소리를 냈다.

"자네가 토코 여왕의 언니라는 걸 등에 업고 우리와 변경백을 못 만나게 하려고 한 게 잘못이네. 하지만 이렇게 만났으니 공은 우리에게 넘어온 거지——이봐, 변경백이여. 나와 손을 잡고 이 대륙을 통째로 전부 손에 넣지 않겠나? 그때는 자네에게 세계의 절반을 주겠네."

"무슨 소릴 지껄이고 있는 거야, 이 빌어먹을 교황은?!"

"이 변경백만 있으면 꿈같은 이야기는 아니네. 군사력은 일국의 군대가 무색할 정도니까, 게다가 오리할콘 광맥조차 갖고 있지. 변종 오거에게서 대륙을 구한 영웅이며 성녀의 병도 치료한 카리스마적 존재. 여기에 나의 지혜로운 계략과 권력만 더한다면……크크크, 맛있는 술을 마실 수 있을 것 같군."

"장난으로라도 제 여동생의 동행자를 세계 정복의 길로 끌어들이지 마십시오!!"

"저, 저기, 전 세계 정복에 흥미가 전혀 없습니다만……?"

일단 거절의 의사를 표현했지만 교황님은 기분 상한 기색도 없이.

"욕심이 없는 남자군. 뭐, 좋네, 그럴 마음이 생긴다면 언제든 말하러 오게. 교황인 내가 자네를 대륙의 패왕으로 만들어주겠네, 그리고 둘이서 주지육림의 날들을……!"

"교황님씩이나 되는 분이 한 사람을 타락시키려는 건 아니시겠죠?!"

"그, 그런 짓은 하지 않는다네! 애초에……."

성녀님과 교황님이 이해할 수 없는 말다툼을 시작하고 말았다.

난 옆에 있는 토코 씨에게 살짝 물었다.

“저기……이건 어떻게 된 겁니까?”

“어떻게 된 거냐고? 참나, 너라는 녀석은…….”

“네? 저요?”

“아니, 스즈하 오빠가 나쁜 건 아니지만……권력자라면 누구나 스즈하 오빠를 반드시 영혼의 밑바닥까지 손에 넣고 싶다는 현실을 굉장히 리얼하게 눈앞에서 보여주고 있달까……알고는 있었지만.”

“네에…….”

이쪽은 이쪽대로 토코 씨가 지친 듯 탄식하는 이유를 정말 모르겠다.

뭐, 눈앞에서 교황과 자신의 언니가 말싸움하고 있는 걸 보고 있으면 지치는 게 당연하겠지만.

내가 그런 생각을 하고 있는데,

“저기, 로엔그린 변경백.”

“아.”

어느새 눈앞으로 다가온 삐쩍 마른 대주교님께서 인사를 건넸다.

이쪽도 서둘러 고개를 숙였다.

그러자 대주교님은 옆에서 말다툼을 계속하고 있는 교황님께 차가운 시선을 보내며 말했다.

"저건 안 되겠군요."

"……네?"

"위정자인 자가 당장 결과를 원해선 안 되지요. 씨를 뿌린 후 차분히 키워 몇십 년, 때로는 백 년 후에 수확하는 그것이 정치라는 것입니다."

"아, 네."

왜 갑자기 대주교가 그런 말을 하는 건지 잘 모르겠다.

하지만 뭐랄까, 굉장히 정상적인 정치가 같았다.

비교 대상이 갑자기 세계의 절반을 주겠다는 말을 꺼낸 사람이라 그런 것도 있지만.

"그런데 변경백, 좋아하는 음식이 뭡니까?"

"아, 그게 최근엔 초밥이나 게 정도일까요……?"

갑자기 질문을 받은 내가 일단 얼마 전 토코 씨한테 받은 음식을 나열하자.

"호오, 호오, 게 말입니까……? 쿡쿡쿡……."

"저기……?"

"성교국 대주교의 이름을 걸고 변경백에게 최고의 게를 보내드리지요."

"그런 건 부탁 안 했습니다만?!"

"아뇨, 아뇨, 이건 그저 인사……결코 뇌물은 아니니까 신경 쓰지 마시고……쿡쿡쿡……."

"그 웃음 엄청 신경 쓰이니까 멈춰 주시면 안 될까요!?"

매우 당황한 내 옆에서 토코 씨가 웬일인지 복잡한 표정으로 팔짱을 꼈다.

"으응……역시 이대로면 전 세계의 권력자가 스즈하 오빠에게 다가가기 위해 바깥 해자에 생으로 콘크리트를 우르르 부어버리려고 하겠지……뭔가 이쪽의 권익을 제대로 어필할 방법은……여, 역시 결혼밖에……?!"

"토코 씨도 생각에 빠져 있지 말고 좀 도와주세요!!"

참고로 생 콘크리트는 공성전에서 사용하는 매직 아이템 중 하나라고 한다. 처음 알았다.

10

성교국에 체류한 지 2주.

성녀님의 병이 완치됐다는 발표도 무사히 끝났고 우리가 더 머무를 이유도 없어졌다. 그래서 성교국을 떠나겠다는 작별인사를 위해 알현실로 향했다.

오리할콘 정보가 들어올 때까지 계속 체류할 수도 없으니까.

"로엔그린 변경백. 이번에는 정말 신세를 많이 졌습니다."

그렇게 말하며 다시 깊이 고개를 숙이는 성녀님을 서둘러 막았다.

"당치도 않습니다, 다 우연이었어요. 하지만 나으셔서 정말 다행입니다."

"빚을 갚으려는 건 아니지만 만약 변경백이 드로셀마이

엘 왕국을 버리고 싶어지면 언제든 망명해주십시오. 나쁘게는 하지 않겠습니다."

"으음――!"

토코 씨가 힘껏 노려보았지만 성녀님은 맑은 얼굴을 하고 있었다. 뭐, 자매니까.

"그리고 또 하나, 이걸."

"네……? 보석?"

성녀님이 꺼낸 건 반짝반짝 빛나는 보석. 물론 금이 간 곳은 하나도 없었다.

사악한 뱀에게서 나온 보석인가.

하지만 복원에 몇 년에서 몇십 년이 걸린다고 한 것 같은데――?

놀란 우리 모습에 성녀님이 후후후후 의기양양한 얼굴을 보이며.

"이런 고대의 보석은 성속성 마력을 주입시키면 복원됩니다. 그리고 강한 성마력을 주입할 수 있는 인간은 한정되어 있으니까 몇 년부터 몇십 년이 걸린다고 말씀드린 겁니다. 하지만 제 컨디션과 마력이 완전하다면 이렇게 불과 며칠 만에 복원할 수 있죠."

"대단하시군요!"

역시 성녀님, 대단한 일이라고 감탄했다.

"그럼 언니, 스즈하 오빠라면 금방 복원할 수 있었다는 뜻이야?"

"아마 무리겠죠. 변경백의 치유 마법은 너무나도 강력해서 섬세하게 제어하지 못하면 반대로 보석을 부숴버리고 말 겁니다."

"그런가? 스즈하 오빠가 복원할 수 있다면 좋은 벌이가 됐을 텐데. 뭐, 됐어. 그런데 언니, 그 보석은 대체 뭐였어?"

"이건 엘프의 비보예요. 결계를 치는 효력이 있는 것 같더군요."

그러고 보니 사쿠라기 공작가의 전설에서는 사악한 뱀 퇴치에 엘프가 협력했다고 했던가.

"물론 일반인이 갖고 있어도 되지만 원래는 엘프의 마력을 이 보석에 주입해 사용하는 것입니다."

"하지만 언니, 엘프는 이미 멸망했잖아?"

"엘프 자체는 멸망했지만 엘프의 마력까지 완전히 사라져버린 건 아니에요. 섞이면서 옅어지긴 했지만 피는 남아 있으니까."

"과연."

"그러니 이 보석을 사용할 거라면 최대한 엘프의 피가 진한 인간이 마력을 주입했을 때 보다 효력이 높아지겠죠."

그런 이유로 조사해보기로 했다. 사실 엘프 피의 농도를 조사하는 방법은 간단했다.

한 사람씩 보석에 일정량의 마력을 주입해보면 끝.

순서대로 해봤을 때 유즈리하 씨가 마력을 주입했을 때만 보석이 희미하게 빛났고 그 이상의 반응은 없었다.

하지만 사건은 마지막에 일어났다.

"맞다, 우뉴코도 해보자. 응? 일어나봐."

"우뉴?"

카나데의 머리 위에서 푹 잠들어 있던 우뉴코를 깨워 조사에 참가시켰다.

그리고.

우뉴코가 보석에 소량의 마력을 주입했을 때.

"우, 우뉴——?!"

우뉴코가 들고 있던 보석에서 희미한 녹색 빛이 나와 알현실 안을 가득 채웠다.

마치 엘프로 향하는 이정표처럼 한 줄기의 빛이 퍼져 나오고 있었다——.

4장 엘프의 마을, 뱀파이어와의 최종 결전

1

광선이 가리키는 그 끝에 뭐가 있는지는 모르겠지만 일단 가보자는 데 의견이 일치했다.

이유는 간단.

그 끝에 엘프나 우뉴코와 이어지는 힌트가 있을지도 모르니까.

물론 여왕인 토코 씨는 목적지도 일정치 않은 여행으로 나라를 장기간 비울 수 없어서 어쩔 수 없이 왕도로 돌아갔지만.

성녀님의 주선으로 토코 씨가 돌아갈 때 호위는 성교국에서 해주기로 했다.

그러고 보니 유즈리하 씨는 계속 나와 함께 있어도 되는 걸까? 좀 수수께끼였다.

성교국을 나온 지 며칠, 국경을 넘은 우리는 산을 넘어 깊은 숲속을 걸었다.

내 머리 위로 우뉴코가 보석을 들고 올라와 있기에, 수수께끼의 빛은 계속 흘러나오는 중이었다.

"저기, 우뉴코는 엘프랑 어떤 관계가 있어?"

"우뉴?"

"혹시 우뉴코는 엘프야? 아니면 뱀파이어?"

"……우뉴?"

알아듣기 힘든 대답. 아마 본인도 모르겠지.

머리 위에서 곤란한 듯 고개를 갸웃거리는 우뉴쿄의 모습이 목소리로도 전해졌다.

참고로 현재 우뉴코는 커다란 후드를 눈을 가릴 정도로 깊이 눌러쓰고 얼굴을 가리고 있었다.

빛이 가리키는 곳에 우뉴코와 대립하는 존재가 있을 경우도 예상하고 한 일이었다.

만약 이 끝에 우뉴코의 숙적이 있다 해도 얼굴을 가리고 있으면 이쪽이 핑계를 댈 시간도 만들 수 있겠지. 그런 생각에서였다.

나랑 우뉴코 뒤로 스즈하와 유즈리하 씨의 여기사 학원 콤비가 따라왔다.

"유즈리하 씨, 전 엘프는 전설의 존재라고 생각했어요."

"아주 먼 옛날에는 있었다고 하지만 몇백 년 동안 목격 정보가 없었으니까. 게다가 엘프의 유적도 모조리 도굴당했고."

"도굴이요?"

"그래. 엘프는 그 옛날 인간보다 압도적으로 높은 마력으로 대륙을 지배하고 있었어. 마도구도 독자적인 고도의 기술로 만들었고. 당연히 인간은 그런 걸 만들 수 없었지. 그래서 엘프의 유적을 찾아내 거기서 운 좋게 엘프제 마도구를 발견하면 일국의 영주가 됐다는 이야기가 전해지기도 해.”

“그렇게 돈이 됐나요?!”

“역시 나라를 살 수 있을 정도로 돈을 번 녀석들은 극히 적었지만 평생 써도 다 못 쓸 거금을 얻거나 작위를 사서 귀족이 됐다는 이야기는 얼마든지 널려 있어.”

“에, 엘프, 굉장하네요……!”

두 사람의 이야기를 자연스럽게 들으면서 역시나 대단하다고 감탄했다.

나도 엘프에 대해서는 스즈하 정도의 지식밖에 없었으니까.

역시 유즈리하 씨는 공작 영애라고 감탄했다.

“그런데 스즈하. 여기에는 또 하나의 뒷이야기가 있어.”

“네?”

“그렇게 큰돈을 벌면 좀 더 큰 걸 손에 넣고 싶어지잖아.”

“……즉, 좀 더 좋은 마도구를 말이죠?”

“엘프 그 자체를 말이야.”

“네――?”

“엘프는 다들 마법을 능수능란하게 조종하는 종족이라고 알려져 있으니까. 엘프를 한 명 붙잡으면 마도구를 얼마든지 만들어낼 수 있어. 게다가 엘프는 장수하는 종족으로 유명하니까 분명 대륙 어딘가에 살아있는 엘프가 있을 게 틀림없어. 그렇게 생각해.”

"그런가요……?"

"게다가 엘프는 굉장히 아름다운 종족으로 유명하니까 감상 노예로 원하는 대귀족이 얼마든지 있을 거야. 희소가치도 터무니없이 높고 불법 경매에 나가면 낙찰 금액은 틀림없이 천정부지로 오르겠지. 좋고 나쁘고를 떠나서."

"그렇겠죠……."

"그러니까 욕심에 눈이 먼 녀석들은 수입 이상의 금액을 내서 엘프를 찾는 거야. 게다가 처음부터 엘프 수색으로 타깃을 좁힌 탐험가 녀석들도 있다고 들었어. ——결국 누구 하나 엘프를 찾아내진 못했지만."

"꼴좋군요! 하지만 그러면 이 빛의 끝에는 도굴된 엘프의 유적이 있을 가능성이 높을까요?"

"나도 평소 같으면 그렇게 생각했겠지. 생각했겠지만……스즈하의 오라버니니까."

"우리 오빠니까요."

"그래. 좋든 나쁘든 그런 결과로 끝나진 않을 것 같달까, 엄청난 일이 생길 것 같달까……."

"어쩔 수 없죠. 오빠니까요."

어느새 두 사람의 대화가 내 욕으로 바뀌어 있었다. 납득을 못 하겠네.

2 (아야노 시점)

사쿠라기 공작가에서 온 관료집단 덕분에 아야노는 조금이나마 일에 여유가 생겼다. 그래서 계속 갇혀있던 이전과 달리 최근엔 거리에도 종종 나갈 수 있게 되었다.

얼마 전까진 계속 바빠서 그럴 상황이 아니었지만, 사무실에 앉아 서류만 들여다봐선 안 되고 거리에 나가서 오감으로 영민들의 생활을 느껴야 한다는 게 아야노의 모토였다.

그리고 아니나 다를까 아야노의 안테나에 걸린 게 있었다.

평소의 격무 사이사이 빈 시간을 활용해 조사를 거듭해 확신을 얻었을 때, 우두머리인 인물을 방문했다.

그 인물은 오늘도 성내 정위치에서 서류의 산과 싸우고 있었다.

“응? 아야노 님. 이렇게 야심한 밤에 무슨 일이십니까.”

서류 속에서 고개를 든 청년 관료가 아야노를 확인하고 소리를 높였다.

사쿠라기 공작가에서 파견된 관료들의 총괄 담당이자 이전에는 집사장 보좌를 맡았던 청년.

“수고하십니다. 번거로우시겠지만 잠시 이야기 좀 나누고 싶은 게 있는데.”

“물론 하십시오. 이대로 이야기를 들어도 되겠습니까?”

“아뇨. 번거로우시겠지만 잠시 와주셨으면 좋겠습니다.”

아무리 심야에 사람이 적다고 해도 그래도 열 손가락보다 많은 숫자의 관료들이 일을 하고 있었다.

게다가 밤중엔 소리가 잘 울린다. 신중에 신중을 더하고 싶었다.

"알겠습니다. 가겠습니다."

아야노가 청년 관료를 데리고 방음이 잘 되는 회의실로 향했다.

회의실 문을 닫고 서로 한숨 돌렸을 때 말을 꺼냈다.

"——최근 들어 사쿠라기 공작가의 관료들이 변경백의 영지, 그리고 영도의 부동산을 사들이고 있는 것 같더군요."

청년 관료는 몇 번인가 눈을 깜빡거리다 바로 환하게 웃었다.

"벌써 냄새를 맡으셨습니까. 역시 대단하시군요, 최대한 눈에 띄지 않게 하려고 했는데."

"무슨 의도인지 알려주시겠습니까?"

청년 관료들의 움직임은 곧 사쿠라기 공작가의 움직임과 같았다.

사쿠라기 공작가가 통보도 없이 변경백 영도의 부동산을 사들이는 이유.

그걸 아야노로서는 도저히 알 수 없었다.

하지만 그것도 청년 관료가 한 마디로 잘라 버렸다.

"아마도 아야노 님은 뭔가 착각하고 계신 것 같습니다. 험악한 얼굴이 그 증거죠."

"……무슨 뜻입니까?"

"이번 일 말입니다만, 사쿠라기 공작가는 일절 관여하지 않았습니다."

"네……?"

입을 떡 벌리는 아야노에게 청년 관료는 이상하다는 듯 웃었다.

"이건 아야노 님의 우수함의 폐해입니다. 확실히 상황을 내려다보면 공작가가 장래에 흉계를 꾸미기 위한 포석으로 생각할 수 있습니다. 이쪽 관료들의 명의뿐만 아니라 부인이나 아이의 명의, 끝내는 가공의 명의까지 사용해 영도의 부동산을 사들이고 있으니까요."

"아, 네에."

"하지만 덫에 빠뜨리기에 사쿠라기 공작가는 너무 협력적이며 변경백을 적으로 돌려 멸망과 파멸로 곧장 달려가는 바보 같은 선택지를 고를 리 없으니 의도를 알 수 없어서 혼란스럽다. 그런 상태인 거죠?"

"……맞습니다……."

분했지만 수긍하자 청년 관료가 너그럽게 고개를 끄덕였다.

"하지만 좀 더 단순한 이야기입니다. 여기에 장래 백배로 값이 오를 게 뻔한 토지가 있다면 전력을 다해 사들이겠죠? 그저 그것뿐입니다."

"……네에……?"

무슨 말을 하는 거야, 이 사기꾼 녀석.

그런 아야노의 차가운 시선에도 청년 관료는 기죽지 않

았다.

"아마도 장래 토코 여왕님은 로엔그린 변경백령으로 천도하실 겁니다."

"……진심으로 하는 말입니까?"

"응? 아야노 님 정도 되시는 분이 생각 안 해보셨단 말입니까?"

"그야 생각한 적은 있지만 지리적으로 너무 힘들다고 결론을 내렸습니다."

"현 상황에선 아슬아슬하게 그렇겠죠."

"……."

"하지만 변경백의 압도적인 무력과 오리할콘 광맥, 거기에 또 하나의 새로운 요소가 더해진다면? 저울은 크게 기울 겁니다. 그 변경백이라면 태연한 얼굴로 해내시겠죠. 그리고 그렇게 된 것을 모두가 알게 된 이후에는 너무 늦을 겁니다."

"……그게 사쿠라기 공작가의 생각이라고……?"

"아뇨. 처음부터 말씀드린 것처럼 이번 일에 공작가는 전혀 관여하지 않았습니다. 오히려 공작가로서는 마지막까지 사들이지 않을 겁니다."

"어째서죠?"

"그야 부동산을 손에 넣지 않았다는 사실을 이유로 이쪽 성에 세입자가 될 수 있으니까요."

"……그건 그렇겠군요……."

틀림없이 그건 사쿠라기 공작가와 토코 여왕밖에 사용할 수 없는 대담한 수겠지. 하지만 유효했다. 상대와 우호적인 관계를 다지고 싶은 인간에게 한 지붕 아래에서 지내게 된다는 건 최강의 카드니까.

여러 가지로 납득을 하게 된 아야노가 한없는 피로감과 함께 고개를 숙였다.

"이해했습니다. 바쁘실 텐데 시간을 빼앗아 죄송했습니다."

"저야말로 오해가 풀려서 다행입니다. 모처럼이니 여기서 잠깐 쉬시겠습니까?"

"……함께하도록 하죠."

역시 자기가 데리고 와놓고 볼일 끝났다며 자, 그럼 안녕, 이라고는 말하기 힘들었다.

아야노는 비치된 찻주전자를 이용해 두 사람이 마실 차를 준비했다.

분명 차와 함께 먹을 디저트도 있을 것 같아 전병을 찾고 있는데,

"사실대로 말씀드릴게요. 여기 오는 관료를 선별하는 건 정말 힘들었습니다."

"그건 그러셨겠죠."

아야노가 좋아하는 설탕 전병을 찾아낸 후 작게 주먹을 쥐면서 말을 이었다.

"이런 변방에 아무도 오고 싶어 하지 않았을 테니까."

"반대입니다. 열렬한 희망자가 너무 많이 모여서 그야

정말 고생했습니다."

"네……?"

"상대는 유즈리하 아가씨의 가장 유력한 신랑 후보자인데다 공작가에서도 토코 여왕으로부터도 절대적인 신뢰를 얻고 있는 변경백이니까요, 만에 하나라도 노여움을 살 순 없잖습니까. 당연하게도 공작가 사무 쪽과의 밸런스도 있고 다른 사람의 추천이 필요하다고 했더니 뇌물의 향연. 정말 힘들었습니다."

"……."

"결국 고민에 고민을 더한 결과, 근무 태도의 평가 순으로 뽑기로 했습니다. 이러면 변경백께 민폐는 끼치지 않을 거고 평소부터 근무 태도가 양호한 관료에게 보답도 줄 수 있죠. 게다가 사무 능력은 반영하지만 완전 능력순도 아니니까요."

"그렇군요, 저도 그게 베스트라고 생각합니다."

"그런데 말입니다. 고쳐졌습니다, 그 목록이."

"……그게 무슨?"

"보통은 제대로 일도 안 하는데 정작 중요할 때만 진가를 발휘하는 멍청한 녀석들이 공작가에는 무더기로 있습니다. 그 녀석들이 이때다 싶어서 능력을 풀로 발휘해서 공문서 변조부터 허위 보고, 뇌물에 중간을 생략한 인상 조작 등 온갖 나쁜 짓은 다한 결과 어느샌가 파견 리스트에는 능력만은 아주 뛰어나지만 너무나도 개성적이라 일시키기 불안한 녀석들만 실리는 참상이…….”

“……참고로 그분들의 이름을 물어봐도 될까요……?”

“물론이죠.”

청년 관료에게서 나온 몇 명의 이름을 아야노는 물론 알고 있었다.

모두 사쿠라기 공작가에서 온 관료들 중에서도 눈에 띄게 우수해 역시 공작가라고 평소부터 감탄했던 인물들이었다.

물어보지 말 걸 그랬다고 후회했다.

“왜 그 사람들은 이런 변방에 오고 싶어 했을까요……?”

아야노가 나직이 말을 흘리자.

“그야 당연히 변경백이 어떤 인물인지를 그 눈으로 확인하고 싶어서 그런 거겠지요.”

“아아——.”

맞는 말이라는 걸 아야노는 새삼 떠올렸다.

본인도 예전에 바로 그 이유로 그를 찾은 한 명이었다는 사실을.

그때는 설마 이런 서류더미와 함께하게 될 줄은 생각지도 않았는데——.

“——그렇군요. 맞습니다.”

“아쉽게도 변경백과는 엇갈리게 됐지만 어느 정도의 인물인지를 확인하기에는 충분한 재료가 있죠. 그리고 기지와 코만은 들개 이상으로 좋은 우리의 썩어빠진 관료들은 변경백에게 전액을 배팅하기로 결정한 겁니다. ——그게 이번에 아야노 님을 혼란스럽게 만든 소동의 이를테면 정체입니다. 정말 죄송합니다."

"아뇨, 저야말로 의심해서 죄송합니다."

서로가 고개를 숙였다.

이제 슬슬 자리로 돌아가지 않으면 주변 사람들이 수상하게 여길지도 모른다.

그 사실을 두 사람 모두 인식하고 있었다.

"그럼 전 이만."

"아, 마지막으로 하나만 더 물어봐도 될까요?"

"제가 알고 있는 일이라면 뭐든지."

"어째서 가명으로 거래를 하는 사람이 있었던 거죠? 그것 때문에 조사하는데 꽤 시간이 걸렸습니다만."

떳떳한 거래라면 가명을 사용하지 말라고 아야노는 말하고 싶었다.

게다가 그것 때문에 공작가가 배후에 있다고 믿게 됐었다.

청년 관료의 대답은 명쾌했다.

"아아, 아마도 빚쟁이에게 잡혔을 때를 위한 보험이겠지요."

"……."

정말 공작가 녀석들은 방심할 수 없다는 걸 깨달은 아야노였다.

3

깊은 숲을 끝없이 걸어가며 터무니없는 높이의 산을 올라 도달한 곳은 절벽이었다.

"……이 절벽, 얼마나 깊을까요? 유즈리하 씨는 어떻게 생각하세요?"

"글쎄 이건 가볍게 몇천 미터는 될 것 같아……."

"하지만 오빠, 빛은 이 절벽 아래쪽으로 이어지고 있는데요……?"

"주인님. 내려가는 길을 찾을까……?"

"우뉴."

하지만. 자세히 응시해보니 빛이 공중에서 끊어진 것처럼 보였다. 그런 이유로 우뉴코를 안고 선언했다.

"좋아. 뛰어내리자."

"우뉴?!"

"일단 나랑 우뉴코가 먼저 뛰어내릴게. 잘 봐, 스즈하, 저 광선이 도중에 끊어졌지?"

"그러네요……."

"내 예상으로는 저 빛이 사라진 곳에 공간의 균열인가 뭔가가 있고 어딘가 이공간으로 이어질 것 같아. 그러니까 뛰어내린 내 모습이 도중에 사라진다면 나머지도 뛰어내리면 돼."

"만약 실패하면 오빠는 그냥 떨어지게 되는 거잖아요……?"

"우, 우뉴?! 우뉴?!"

"혼자라면 어떻게든 될 거야."

내 품 안에서 우뉴코가 날뛰었지만 뭐, 걱정할 필요 없었다.

튼튼한 발톱과 로프는 갖고 있으니까 여차하면 절벽에 던져서 걸어버릴 생각이었다. 게다가 우뉴코가 함께 가지 않으면 빛이 뻗어 나가는 곳을 알기 힘들고.

"그럼 갈게, 우뉴코는 보석을 꽉 붙잡아!"

"우뉴――?!"

우뉴코의 긴 비명과 함께 난 절벽에서 뛰어내렸다.

*

예상대로 공간에는 갈라진 틈이 있었고 이공간으로 이어졌다.

그곳은 지금까지 지나온 깊은 숲과 얼핏 똑같은 것처럼 보였지만 공기가 달랐다.

그냥 공간 그 자체가 서늘하고 청정하달까, 영롱하달까.

우리가 도착하고 잠시 후 나머지도 쫓아왔다.

"조, 좀 무서웠어요, 오빠……!"

스즈하가 울상을 한 채 호소했기 때문에 그래그래 다독이며 머리를 쓰다듬었다.

참고로 우뉴코는 뱅글뱅글 눈이 돌아간 채 기절한 상태였다.

유즈리하 씨가 신음하며 물었다.

"으음……여기가 그 엘프의 유적이야……?"
"글쎄요?"
"분위기는 틀림없는데……게다가 입구가 거기라면 아무도 못 찾는 게 당연하다고 말할 수 있고……."
"뭐, 그렇죠."
우리도 보석의 빛이 없었다면 찾는 건 불가능했을 것이다.
"보석 덕분이네요."
"……아니, 보통은 보석이 있다 해도 절대로 무리일 거야……."
유즈리하 씨가 진지한 얼굴로 타일렀다. 어째서?

좀 걷다 보니 바로 마을이 보였다.
그리고 주민인 듯한 엄청 아름다운 미모의 여성이.
"으음. 인간이 찾아온 건 700년, 아니, 800년 만인가……?"
"죄송합니다. 여긴 대체 어디인가요?"
"여긴 엘프의 마을이야."
"엘프의 마을!"
역시 내 추측은 맞았다. 그렇다면 눈앞에 있는 사람이 엘프라는 건데.
"역시 그랬습니까. 감사합니다."
"잠깐만, 그대."
"네?"
"보통은 조금 더 반응이 응? 있잖아? 난 엘프라고. 인간들이 몹시 탐내는? 인간들과는 비교도 안 되는 굉장한 미모의 소유자에 가슴도 엉덩이도 말도 안 되는 레벨로 출렁거리는데?"

"……."

흘끗 여성들에게로 시선을 보냈다.

내 시선을 따라 스즈하 일행을 본 엘프가 손바닥을 탁 치며 한마디.

"오오. 설마 엘프 동포가 함께일 줄이야."

"아니거든요."

아쉽게도 스즈하도 유즈리하 씨도 카나데도 다들 인간이랍니다. ……인간 맞지?

내가 아니라고 설명하자 엘프가 마음의 평화를 얻은 고양이 같은 얼굴로 중얼거렸다.

"……나도 지금까지 몇천 년은 살고 있지만 아직 세계는 불가사의로 가득 차 있구나."

"그런가요?"

"자기소개가 늦었군. 난 이 엘프 마을의 장로라네."

"아, 정중한 인사 감사합니다."

이쪽도 한 명씩 인사를 건넸다.

다만 내 머리 위에서 후드를 쓴 채 잠든 우뉴코에 대해서는 아직 엘프와의 관계를 알 수 없기에 얼버무렸다.

장로님이 엘프의 마을을 안내해주겠다고 해서 얌전히 뒤를 따랐다.

인간이 갑자기 습격했다고 생각하는 건 아닌지 걱정됐지만 내가 먼저 쓸데없는 소릴 하는 것도 좀 그래서 가만히 있었다.

안내받은 엘프의 마을은 뭐랄까 내가 어릴 때 살던 마을 같은 느낌.

엘프의 수는 몇십 명 정도 되려나.

다들 표면상으로는 붙임성이 좋았지만 어딘가 지친 얼굴을 하고 있었다.

고성능 마도구로 획기적인 생활 향상을 도모한다거나 그런 느낌은 눈곱만큼도 없었다.

내 생각이 전해진 것일까.

엘프의 마을을 한 바퀴 돌아본 후 장로님이 쓴웃음을 지으며 나에게 말했다.

"이 마을은 죽어가는 마을이야."

"그게 무슨……?"

"엘프는 압도적인 마력을 소유하고 마도구도 훌륭한 걸 만들어. 그건 사실이야. 하지만 거기에는 대가가 따르지."

"대가라고요?"

"오리할콘이 없으면 살아갈 수 없어."

장로가 우리에게 설명했다.

듣자 하니 오리할콘에는 특별한 마력이 깃들어 있다고.

그리고 엘프는 그걸 섭취하면서 본래의 힘을 발휘한다.

따라서 오리할콘이 고갈된 지금 엘프들은 천천히 쇠퇴

하고 있으며 사라지기만을 기다리고 있을 뿐이라고.

"저기, 그러니까 이게 있으면 괜찮다는 건가요?"

주머니에서 오리할콘 원석을 꺼내 장로에게 보여주었다.

"하하, 무슨 바보 같은 말을……이게 뭐야──?!"

경악하며 눈을 크게 뜨는 장로에게 얼마 전 우리 영지에서 오리할콘 광맥을 찾았다고 설명하자.

"그, 그그그, 그런 일이 있을 수 있는 것인가?! 오리할콘은 특별한 조건을 충족하지 않는 한 생성되지 않을 텐데, 그대가 거짓말하는 건 아닌가?!"

"그럼 이 광석은 필요 없나요?"

"미안해. 건방진 소릴 해서. 내가 전면적으로 잘못했네. 그러니 꼭 그 광석을 양보해줬으면 좋겠어. 평생의 소원이야."

바로 내 앞에서 장로가 울면서 무릎을 꿇고 말았다.

그 모습에 크게 당황한 나는 오리할콘을 넘겼다.

*

그날 밤 엘프 마을에서는 축제가 개최되었다.

장로는 우리를 환영하기 위한 축제라고 했지만 정말 환영받는 존재는 아마 오리할콘이겠지. 딱히 상관은 없지만.

축제를 여는 건 대략 600년 만으로 엘프 주민들은 즐거워 보였다.

엘프들의 동포라고 착각당했던 스즈하나 유즈리하 씨도

그대로 엘프들 무리 안으로 들어가 축제를 즐기고 있는 듯했다.

그리고 난 웬일인지 장로님과 일대일로 술을 마시게 됐다.

"정말 고맙네. 그대는 엘프 마을의 구세주야."

"아뇨, 아뇨, 아닙니다. 그런데 여기 말고도 엘프의 마을이 있나요?"

만약 있다면 여기처럼 오리할콘을 나눠주고 싶어서 묻자.

"글쎄……그런 게 있으려나?"

"모르세요?"

"교류도 없고 애초에 엘프는 수가 극히 적으니까. 게다가 만약 있다 해도 다들 전멸하지 않았을까?"

"그런가요……?"

장로님 말에 의하면 옛날에는 정말 엘프를 사냥하는 인간이 많았다고 한다. 그래서 더는 상대하기 귀찮아진 장로님이 마을 입구를 그런 곳으로 옮겼다고.

그런 것치고는 처음부터 우호적인 태도였는데, 아무래도 인간들이 몇백 년이나 방문하지 않으면 그건 그것대로 외로운 모양이었다.

그리고 이곳 외에 엘프의 마을이 남아 있을 가능성은 적은 듯했다.

만약 엘프의 마을이 따로 있다면 소문 정도는 들었을 테니까.

"하지만 그대들은 용케 마을을 찾아냈군."

"아, 그건 이 보석 덕분입니다."

보석을 품에서 꺼내 건네자 장로는 미소를 지으며 여기저기 어루만졌다.

"오오, 이런 게 남아 있었나?"

"이 보석을 아십니까?"

"알고말고. 이건 이 마을에 있던 하이 엘프님이 만든 것이라네."

"흐음."

"원래 이 보석은――화이트 헤어드 뱀파이어를 봉인하기 위해 만들어졌는데."

숨이 멈췄다.

갑자기 나온 화이트 헤어드 뱀파이어라는 파워 워드.

"……그 이야기 자세히 좀 들려주시겠어요?"

마음속 동요를 억누르며 묻자 장로는 너그럽게 고개를 끄덕였다.

"그래. 그렇다 해도 벌써 몇천 년이나 이전, 내가 아직 애송이일 무렵이라――당시 이 마을엔 엘프를 총괄하는 위대한 하이 엘프님이 계셨지. 정말 우리처럼 평범한 엘프와는 마력도 지식도 크게 다르셨어."

"네……."

"당시 엘프를 괴롭히던 게 화이트 헤어드 뱀파이어였고. 그 녀석은 오리할콘을 먹어치우면서 성장하는 엄청난 뱀파이어였지. 퇴치하려고 했던 엘프도 있었지만 차례차례

역으로 당했고 결국 오리할콘 광맥이 거의 다 소진되고 말았어. 그때 마지막 결전에 임한 게 이 마을의 하이 엘프 님이었다네. 이 보석은 그때 들고 갔던 마법 봉인 도구 중 하나야."

"그 싸움은……어떻게 됐습니까?"

"무승부였다고 들었어. 그 이후 화이트 헤어드 뱀파이어가 엘프의 마을을 습격하는 일은 사라졌지만 하이 엘프님은 돌아오지 않았지."

"……."

"결국 그 이후 새로운 오리할콘 광맥은 하나도 발견하지 못한 채 엘프는 천천히 쇠퇴하고 있었다. 그대가 오지 않았다면 이 마을도 조만간 사라졌겠지. 정말 고맙다."

"아뇨, 그건 신경 쓰지 마십시오."

내 안에서 한 가지 가능성이 떠올랐다.

즉 그렇다면 그 하이 엘프의 목적지는——.

"장로님, 이 아이를 좀 봐주시겠어요?"

내 머리 위에 올라가 있던 우뉴코를 내렸다.

"자, 우뉴코. 일어나."

"우뉴……?"

잠든 우뉴코를 깨우고 후드를 벗기자.

장로의 눈빛이 변했다.

"다, 당신은——?!"

장로가 그대로 뒤로 펄쩍 뛰어 기세 좋게 넙죽 엎드렸다.

이 반응. 이건 틀림없구나.
"우뉴코는 하이 엘프였구나."
"……우뉴……?"
우뉴코가 이상하다는 듯 고개를 갸웃거렸다. 잘 모르는 것 같았다.
그렇게 내가 문득 정신을 차렸을 때는.

장로님 뒤로 몇십 명의 엘프들이 한 명도 빠짐없이 모여 질서정연하게 넙죽 엎드려 있었다.

4

탕탕 금속을 두들기는 소리가 울려 퍼졌다.
지금 내가 있는 곳은 엘프의 마을 대장간이었다.
지금 난 엘프 장로님의 가르침에 맞춰 오리할콘을 두들기고 있었다.
내가 지금 이렇게 움직이는 건 당연하게도 우뉴코의 이야기와 관련이 있었다.

충격의 모든 엘프 무릎 꿇기 사건 그 다음 날.
겨우 제정신을 되찾은 마을 엘프들은 열띤 토론 후 한 가지 결론을 내렸다.
뭐, 난 장로님한테 들은 것뿐이지만.

"——공주님은 화이트 헤어드 뱀파이어 토벌을 이뤄내지 못하신 거야."

엘프들은 마을에서 유일한 하이 엘프를 공주님이라고 부르고 있었던 모양이다. 그도 그렇겠지.

"실패했다는 뜻인가요?"

"완전한 실패는 아니야. 하지만 성공이라고는 말하기 어렵지, 그대에게 들은 이야기로는."

장로님은 몇천 년 동안 화이트 헤어드 뱀파이어의 동향을 알지 못했다.

그렇기에 나와 유즈리하 씨의 말에 복잡한 표정을 지었던 것이다.

"공주님은——아마 자신의 몸에 화이트 헤어드 뱀파이어를 봉인하려고 했겠지. 그리고 그건 반은 성공했어. 하지만 또 반은 실패했고. 그게 아직 인간을 습격하는 이유야."

"네? 하지만 화이트 헤어드 뱀파이어는 평범한 여자의 몸을 하고 있었어요. 우뉴코처럼 몽톡한 이등신의 유아 체형이 아니라."

"우뉴?!"

"하이 엘프는 유아와 어른 두 가지 형태를 취할 수 있어."

"그렇습니까?!"

"다만 보통은 유아 형태를 취하지 않아, 생각도 몸에 끌려가서 어린아이처럼 변하니까. 그럼에도 유아화하지 않으면 안 되는 이유는 한 가지겠지."

"그건?"

"어린아이 형태로 변해서 남은 마력을 옮기지 않으면 화이트 헤어드 뱀파이어를 억누를 수 없다는……그런 뜻이겠지."

"……."

"왜 곤란한 얼굴을 하는 거지? 길은 단순한데."

"그건?"

"그대가 쓰러뜨리면 돼. 책임을 지라고."

——책임을 지라는 말을 진지한 얼굴로 엘프의 장로님께 들었습니다. 맙소사.

그리고 이야기는 현재로 돌아온다.

탕탕 오리할콘을 계속 두들기는 건 오리할콘을 연마하기 위해서였다. 물론 평범한 연마법은 아니었다.

"잘 들어! 망치를 한 번 한 번 휘두를 때마다 치유 마법을 온 힘을 다해 실어야 해!"

"네!"

"보석은 섬세해서 성녀의 마법 정도밖에 받아들일 수 없지만 오리할콘은 달라! 그대의 바보처럼 무식하게 큰 마력도 오리할콘이라면 받아줄 수 있지!"

"네!"

"공주님을 구할 사람은 그대밖에 없어! 부탁해!"

……확실하지는 않지만 이대로면 우뉴코는 위험하다고

했다.

어린아이로 변할 정도로 마력이 충분하지 않은 상태가 이어지면 멀지 않은 장래에 화이트 헤어드 뱀파이어를 억누를 수 없게 되고 완벽한 부활을 허락하게 될 거라고.

그렇게 되면 어떻게 될까.

봉인되어 있던 상태에서조차 만난 인간을 모두 죽여 버리던 화이트 헤어드 뱀파이어가 그 본성을 드러낸다면.

인류를 몰살시키고 영원히 오리할콘을 찾아다니게 되겠지――.

웃을 일이 아니다. 그것이야말로 인류멸망의 엔딩으로 돌진하는 길이었다.

그럼 어떻게 하면 될까. 답은 하나.

우뉴코가 악마를 억누르고 있는 동안 우뉴코를 두 동강으로 베어버릴 수밖에 없다――.

"……장로님."

"왜 그러나, 젊은이."

탕탕 오리할콘을 두들기면서 입을 열었다.

"우뉴코는 정말 괜찮을까요?"

"괜찮을 수 있도록 지금 이렇게 노력하고 있잖아."

"그건 그렇지만……."

장로님 왈, 나와의 전투에서 우뉴코도 대미지를 입었지만 화이트 헤어드 뱀파이어 또한 상당한 대미지를 입었을 거라고 했다. 즉 쓰러뜨리기엔 지금이 천재일우의 찬스.

하지만 그냥 숨통을 끊으면 그 악마의 매개체인 우뉴코도 죽고 만다.

그걸 위한 대책이라는 게, 지금 우리가 계획하고 있는 『치유 마법을 건 강력한 무기로 때리면 우뉴코는 회복되고 뱀파이어에게는 추가 대미지를 줄 수 있으니 윈윈 아니야?』대작전이었다. 굉장히 이해하기 쉬웠다.

뱀파이어가 치유 마법에 역으로 대미지를 입는 속성을 이용한 현명한 작전이라고 말할 수 있었다.

응? 그럼 처음부터 그냥 치유 마법을 써대면 되는 거 아닌가? 그렇게 생각했지만 그건 아니라 했다. 그러면 뱀파이어도 그냥 회복하게 된다고.

어디까지나 오리할콘의 신성과 엘프의 예의 그것이 어쩌고저쩌고, 봉인 마법의 보석이 결계로 어쩌고저쩌고 등등 복잡한 설명을 들었지만 이미 깨끗하게 잊어버렸다.

오리할콘으로 마구 공격해야 한다는 건 알았으니 됐다.

“그러니까 단조된 오리할콘으로 검을 만들면 악마에게 효과적인 대미지를 줄 수 있는 거군요.”

“아니, 그건 내 취미라네.”

“네에에에에에?!”

“아무리 그래도 몽둥이로 토벌하는 건 폼이 안 나잖아?”

너무 쉽게 단언해서 말문이 막혔다.

분명 그럴지도 모르지만 표현법이라는 게 있을 텐데!

5

엘프들에게 건넸던 오리할콘을 전부 사용해 겨우 파사의 검을 완성했다.

그래도 되는 건지 궁금했는데 화이트 헤어드 뱀파이어와의 전투 후 다시 이용한다고 했다.

“그러니까 절대로 잃어버리면 안 돼!”

“아니, 잃어버릴 수도 없을 것 같은데요…….”

그 이후에는 내 마력이 완전히 회복할 때까지 며칠 동안 상황을 지켜본 후.

드디어 내일 화이트 헤어드 뱀파이어와 대결하게 되었다.

*

결전 전날 밤, 난 목욕재계를 위해 폭포수를 맞았다.

이런 의식도 뱀파이어를 상대할 때 일시적인 위안 정도이긴 하지만 효과가 있다고 했다.

장로님께서 지금은 조금이라도 효과가 있다면 뭐든 해야 한다고 하셨다. 나도 같은 의견이었다.

폭포 수행이라 지금 입고 있는 건 속옷 한 장뿐.

폭포수를 맞으며 명상을 통해 마력에 의식을 집중시킨 탓에 시간의 흐름을 알 수 없게 되었다. 적당한 때가 되면 부르러 오겠다고 했으니 괜찮겠지.

"——빠, 오빠——."

어깨가 몇 번이나 흔들리는 게 느껴진 나는 겨우 심층부에서 의식을 밖으로 드러낼 수 있었다. 명상 시간은 종료된 듯했다.

그리고 눈을 뜬 내 시야에 들어온 것.

달빛이 비치는 물보라에 젖은 새하얀 끈 팬티 한 장만 입은 스즈하의 모습.

"뭐야?! 스즈하, 그게 대체 무슨 차림이야?!"

"어, 어쩔 수 없잖아요……신성한 목욕재계 의식에서 입어도 되는 옷은 순백의 속옷밖에 없다고 했으니까……."

"아니, 아니, 아니!! 여성은 가슴에 무명천을 둘러도 된다고 들었는데!"

"그런 무명천, 가볍게 가슴에 둘렀다가 찢어지고 말았어요. 게다가 오빠에게라면……따, 딱히 보여줘도……."

새빨갛게 물들인 얼굴로 고개를 숙인 채 눈을 치켜뜨고 나에게 변명하는 스즈하의 표정.

게다가 그 바로 밑에서 머리보다 크게 영근 2개의 봉긋한 부분이 폭력적일 정도로 과시되고 있었다.

여동생이 아니었다면 정말 위험했을걸.

"아아, 정말! 됐으니까 내 뒤에 숨어!"

"아, 네……!"

"잠깐, 스즈하?! 왜 내 등에 달라붙는 거야?!"

"아, 죄송해요. 오빠의 등이 넓다고 생각하다가 무심코……이게 아니라 폭포수를 맞고 차가워진 오빠의 몸을 따뜻하게 해주려고 무심코."

"무심코가 아닌 것 같은데?!"

이게 스즈하라서 정말 다행이라고 다시 생각했다.

"뭐 어때요? 등 정도는."

"뭐, 상관은 없지만……왜 스즈하가 데리러 왔어? 장로님이 오실 거라고 했는데?"

"그게 말이죠. 처음에는 예정대로 엘프 장로님이 데리러 가겠다고 했는데."

"응."

"그 차림을 본 유즈리하 씨가 크게 불만을 제기해서."

"……안 좋은 예감이 들어."

"그때 장로님은 빵빵하게 부푼 커다란 가슴을 무명천으로 가리고 하반신은 흰색 끈 팬티 한 장 차림이었거든요. 서큐버스가 울고 갈 정도의 남자들을 다 죽여 버릴 폭발적인 에로 바디의 과감한 모습에 그런 차림으로 오빠를 데리러 가게 할 수는 없다면서."

"……그 독특한 표현, 대체 어디서 배웠어?"

"사쿠라기 공작가의 메이드한테 배웠는데, 왜요?"

응, 그러고 보니 있었지. 아주 표현법이 독특한 메이드가.

내 여동생에게 이상한 영향을 주는 건 말리고 싶은데.

"뭐, 됐어. 그래서 어떻게 됐는데?"

"네. 유즈리하 씨와 장로님이 말다툼을 하게 됐고 최종적으로는 캣파이트를 시작했기 때문에 그 틈을 노려 제가 왔어요."

"아니, 말려야지!!"

"그럴 필요 없잖아요. 두 사람 다 서로 치고받고 하면서 우정을 싹틔우는 타입이니까."

"……확실히 부정할 순 없을 것 같아."

그렇게 보여도 두 사람 다 열혈 같은 부분이 있는 듯하니까.

뭐, 유즈리하 씨는 여기사니까 당연할지도 모르지만.

그렇게 해서.

스즈하가 등을 꽉 끌어안은 지 꽤 오랜 시간이 흐른 후 오도카니 중얼거렸다.

"……오빠."

"왜?"

"내일 화이트 헤어드 뱀파이어와의 싸움──사전 준비가 철저하게 된 것처럼 보이지만 사실은 상당히 위험하죠?!"

"……어떻게 알았어?"

곤란하게 됐네.

아무도 모르게 괜찮은 척하고 있었는데.

"오빠는 본인이 위험해질수록 역으로 별것 아닌 것처럼 보이려 하는 타입이니까요."

"오히려 부자연스러웠어? 이거 실패했네."

"오빠는 우뉴코를 구하기 위해 목숨을 거는 거죠?"

"으응……."

그야 확실히 우뉴코와 정이 들었고 구하고 싶다는 마음은 강했다.

하지만 그것 때문에 위험을 무릅쓰고 화이트 헤어드 뱀파이어와 싸우는 거냐고 묻는다면 결코 그렇지는 않은 것 같았다.

그럼 세계를 구하기 위해 싸우는 거냐고 묻는다면 그런 의식도 별로 없었다.

그러니까 그건 분명 결국——

"……아마 난 결판을 내고 싶은 것 같아."

"결판이요?"

"응. 나와 화이트 헤어드 뱀파이어의 결판."

아주 옛날 눈앞에서 고향의 마을 사람들이 몰살됐다.

나 자신도 스즈하도 몇 번이나 죽을 뻔했다. 유즈리하 씨는 가슴에 바람구멍이 생겼었다.

그건 설령 화이트 헤어드 뱀파이어에게 어떤 사정이 있다 해도 결코 지워질 일이 아니었다.

하지만 동시에 계속 악마를 억누르고 있던 우뉴코는 대단했고 구하고 싶기도 했다.

그러니까 마지막으로 결판을 내려고 한다.

그저 그것뿐인 일.

——그런 내 말을 들은 스즈하는 날 말리지 않았다.

그 대신 물었다.

"실제로 승산은 어느 정도예요?"

"꽤 위험할 거야."

내일 싸움은 아마 지금까지 벌인 화이트 헤어드 뱀파이어와의 대결 중에서 가장 위험할 것이다.

내일 전투에서는 우뉴코를 유아 형태에서 어른으로 되돌리기 위해 오리할콘을 건넬 것이다.

유아 형태인 몸에 파사의 검을 찌르면 악마와 함께 우뉴코도 죽어버릴 테니까. 순수하게 체력적인 문제 때문에.

하지만 그건 동시에 우뉴코 안에 잠든 화이트 헤어드 뱀파이어까지 강화시키는 것이 된다.

그 결과가 어떻게 될지는 아직 아무도 모른다.

이쪽의 장비가 충분히 준비되어 있고 싸움의 무대에도 파사의 결계가 쳐져 있는 만큼, 화이트 헤어드 뱀파이어는 종합적으로 약해져 있을지도 모른다.

하지만 내 직감은 지금까지 중 가장 위험하다고 경종을 울리고 있었다.

그래서 난 비겁한 논법으로 스즈하의 입을 막았다.

"하지만 스즈하, 떠올려봐."

"뭘요?"

"내가 지금까지 스즈하와의 약속을 깨고 돌아오지 않은 적이 있어?"

"……아뇨, 한 번도 없어요."

"그럼 이번에도 날 믿어주지 않을래?"

가장 믿지 않는 건 본인이면서 난 스즈하에게 믿어달라고 강요했다.

내 등을 끌어안는 힘이 아플 정도로 강해졌다.

스즈하는 내 등을 꽉 누르고 있던 풍만한 가슴을 보다 한층 더 눌러댔다.

끌어안은 팔이 희미하게 떨리고 있었다.

"……스즈하는 언제까지나 오빠가 돌아오기를 기다리고 있을게요."

"응. 얌전히 기다려."

"오빠. 무운을 빌게요."

그 이상 스즈하는 아무 말도 하지 않았다.

전부 다 알면서 그럼에도 날 믿고 보내주려 한다는 걸 알 수 있었다.

그러니까 난 그 기대에 부응하겠다고 다짐했다.

"……."

"……."

두 사람 다 아무 말도 하지 않았다. 움직이지 않았다.

스즈하가 날 끌어안은 채, 폭포 소리가 울려 퍼지고 달빛만이 두 사람을 비췄다.

그런 시간이 어느 정도 이어졌을까.

영원할 것 같았던 침묵은 갑자기 깨졌다.

첨벙첨벙 누군가가 다가오는 물소리가 들렸고.

"오래 기다렸지?! 그렇게 폭포 수행을 하면 감기 걸려니까——응……?"

새하얀 옷을 몸에 걸친 유즈리하 씨가 우리를 보고 굳었다.

스즈하가 지옥 밑바닥에서 나온 것 같은 목소리로,

"이제 와서 어슬렁어슬렁 나타나다니 무슨 생각이시죠? 이 방해꾼."

"방해꾼 아니거든?! 그보다 왜 스즈하는 알몸이야?!"

"청초한 의식이니까요."

"굳이 말한다면 신성한 의식 아니야?! 그보다 여자들은 흰 속옷을 입어도 되는데?!"

"네에에에?! 그런 거야, 스즈하?!"

내가 묻자 스즈하가 어설프게 휘파람을 불었다.

"……전 몰랐어요. 그러니까 무죄예요."

"어느 쪽이든 그런 파렴치한 차림으로 스즈하의 오라버니에게 달라붙어 있는 건 언어도단! 파트너의 등은 내 거니까 자, 어서 바꿔!"

"단호히 거부하겠어요!"

그 후 스즈하와 유즈리하 씨가 날 중심으로 마치 버터가 될 기세로 빙글빙글 도는 사이에.

드디어 결전의 아침이 찾아왔다.

*

화이트 헤어드 뱀파이어와의 대결은 엘프의 마을에서 좀 떨어진 언덕 아래에서 벌이게 되었다.

이 장소는 원래는 하이 엘프가 의식을 치를 때 사용한다는 곳.

즉 우뉴코와 인연이 있는 장소였다.

"우뉴코, 괜찮아?"

"……우뉴!"

우뉴코도 기합이 충분히 들어가 있었다.

이런 작은 아이가 까딱 잘못하면 죽을지도 모르는데 힘을 내고 있었다. 그러니 나도 기운 내야지. 안 그래?

"……아니, 아니, 공주님은 이렇게 보여도 그대의 몇천 배는 오래 살았거든."

"장로님."

"마지막으로 확인할게. 이미 보석으로 파사의 결계는 꼼꼼하게 쳐놨으니까. 공주님이 원래 모습으로 돌아오면 오리할콘의 검으로 한 방 먹이면 돼."

"알고 있습니다."

난 마지막으로 딱 하나 남은 오리할콘 덩어리를 장로님에게서 받아들었다.

그리고, 긴장으로 얼굴이 굳어진 우뉴코에게 그걸 천천히 던져서 넘겨주었다.

6 (유즈리하 시점)

우뉴코가 오리할콘을 받아들자마자 오리할콘이 녹아내리듯 사라졌다.

마력이 흡수된 것이다.

그리고 눈앞에 두 번 다시 보고 싶지 않다고 진심으로 원한 사신이 부활했다.

그 모습은 깡마른, 이 세상의 것이라고는 생각할 수 없을 정도로 아름다운 소녀.

새하얀 원피스에 밀짚모자. 마치 여름의 아가씨 같은 차림.

하지만 속으면 안 된다.

그 두 눈은 혈액보다 훨씬 검붉게 빛나는 색.

허리까지 닿는 그 긴 머리는 어떤 눈보다도 새하얀 색.

자신을 본 모든 이의 생명을 베어버리는 사신.

그 이름은——화이트 헤어드 뱀파이어.

"——윽?!"

솔직히 유즈리하는 지금까지 낙관적으로 보고 있었다.

그야 스즈하의 오빠가 여유로워 보였고. 보석도 있고 오리할콘으로 만든 검도 있고. 무엇보다 스즈하의 오빠가 여유로웠으니까.

그런 낙승 무드는——화이트 헤어드 뱀파이어의 모습을 본 순간 날아가 버렸다.

"스, 스즈하?! 저건."

"뭐예요, 유즈리하 씨. 오빠가 과거 최대의 강적과 맞서려고 하고 있는데 조용히 보고 있을 수 없어요?"

"그야! 스즈하의 오라버니는 그런 말은 한 마디도——!"

"딱 하나만 알려드릴게요."

어쩔 수 없다는 듯 스즈하가 말을 이었다.

"정말 괜찮은 남자는 말로 뭐라고 하지 않아요. ——그저 등으로 이야기하죠."

"뭐……?!"

"그런 것도 모르면서 오빠의 등을 지키겠다니 백 년은 빠르거든요."

충격을 받은 유즈리하였지만 자신의 시선은 그런 것과 관계없이 움직이고 있었다. 그렇다기보다 여기사의 본능이 눈앞에서 펼쳐지고 있는 굉장한 전투에서 눈을 떼는 것을 거부하고 있었다.

몇 개월 전이라면 도저히 쫓아갈 수 없었을 무시무시한 속도.

하지만 나날이 단련을 계속 이어온 유즈리하는 어떻게

든 그 움직임을 포착할 수 있었다.
그중에서도 스즈하의 오빠 등에 모든 신경을 집중시켰다.
눈의 혈관이 터질 정도로.
그러는 동안 유즈리하도 겨우 어쩐지 알게 되었다.
스즈하의 오빠가 화이트 헤어드 뱀파이어를 공격하다 지쳤다는 것을——.
"……아, 그래, 내가 어리석었어."
"네?"
"난 파트너의 등을 지키는 데에만 정신을 집중시키고 파트너의 등과 대화하는 걸 게을리 했어. 네 말은 등의 근육을 관찰하면 다양한 상황을 알 수 있다는 그런 뜻이지?"
"아뇨…… 그런 곡예 같은 건 요구하지 않았는데요……?"
그때 엘프 장로가 오도카니 중얼거렸다.
"과연. 이건 힘들지도 모르겠어……."
"어째서요?!"
"저 남자가 공격을 안 해. 공격할 곳을 충분히 검토하는 건…… 아마 공주님에 대한 부담을 최소한으로 남기려고 그러는 거겠지."
아무리 파사의 검, 게다가 회복 마법이 스며들어 있는 오리할콘제라고 해도 그걸 몸통에 찔러 넣으면 보통은 죽지는 않는다 해도 큰 대미지를 입는다.
하지만 하이 엘프가 깃든 화이트 헤어드 뱀파이어를 확실하게 해치우기 위해서는 죽을지도 모른다는 정도로는 안 된다.

누가 어떻게 봐도 죽었다고 생각할 정도로 하이 엘프의 몸에 큰 구멍을 내지 않으면, 완벽하게 해치웠다고는 말할 수 없다.

하지만 몸에 난 구멍이 크면 클수록 매개체인 하이 엘프를 구할 확률은 기하급수적으로 낮아지니까――.

"……아마도 한 방으로 결판을 내려는 거겠지."

장로의 말에 스즈하 일행이 숨을 삼켰다.

"저 남자는 한 방에 모든 것을 결판낼 생각이야. 마력의 문제도 있고. 공주님을 구할 가능성을 최대한으로 살리기 위해. 만약 그게 실패한다면."

"실패한다면 오빠는――?"

"공주님의 생존을 포기하고 화이트 헤어드 뱀파이어를 쓰러뜨릴 생각이겠지."

"……."

"나도 얕보고 있었어. 저 화이트 헤어드 뱀파이어는 완전해. 두 번 다시 힘 조절을 용납할 정도로 쉬운 적이 아니야."

그리고 드디어 결판의 때가 왔다.

일방적으로 공격을 퍼붓던 화이트 헤어드 뱀파이어가 필살의 일격을 가하기 위해 공중으로 뛰어오른 그 순간, 스즈하 오빠의 검이 어른거렸다.

그리고 그 검이 빨려 들어가듯 화이트 헤어드 뱀파이어

의 왼쪽 가슴에 푹 박혔다.

심장을 관통한 후 뒤쪽으로 빠져나왔고──.

"아앗?!"

엘프 장로의 외침과 동시에 오리할콘의 검은 산산이 부서졌다.

그것이 마치 상처 입은 하이 엘프의 몸을 부드럽게 감싸 안듯이 반짝거리며 공기 속으로 녹아내렸다.

"나, 나, 나의 오리할콘이이이이이──?!"

눈물을 흘리며 절규하는 장로의 목소리에 유즈리하 일행의 마음은 하나가 되었다.

저건 장로의 오리할콘이 아니잖아──.

7

눈을 뜨자 지독한 두통이 몰려왔다.

"으읏……."

흐릿한 시야 속에서 웬일인지 스즈하와 유즈리하 씨가 당장에라도 울 것 같은 얼굴로 뭔가 외치고 있었지만 잘 들리지 않았다. 기억이 흐릿해졌다. 지금은 몇 시지?

머지않아 의식이 확실해진 것과 동시에 스즈하가 나의 가슴으로 뛰어들었다.

"오빠, 오빠, 오빠, 오빠!! 으아아아아앙!!"

웬일인지 오빠라는 말밖에 하지 않는 스즈하를 다독이며 옛날처럼 달래고 있자.

"정신이 들어? 그대가 무사해서 무엇보다 정말 다행이야."

"유즈리하 씨."

"우리를 깜짝 놀라게 하는 것도 어지간히 해. 그대는 일주일이나 누워있었어."

"저기……?"

그 말을 듣고 겨우 기억의 톱니바퀴가 회전하기 시작했다.

그래.

난 화이트 헤어드 뱀파이어를 쓰러뜨리고 우뉴코를 구하려고——.

"참나, 온 힘을 다해 마력을 쓰는 데에도 정도가 있지. 목숨을 쥐어 짜내다니. 정말 그대에게서는 눈을 뗄 수가 없다니까."

과연. 그래서 기억도 흐릿해졌던 건가.

실제로 어떻게 우뉴코에게 치유 마법을 사용했는지 잘 기억나지 않았다.

"죄송합니다. ——그런데 우뉴코는요?"

"거기 있잖아."

유즈리하 씨의 말에 뒤를 돌아보니 지금까지 누워 있던 장소 옆에 화이트 헤어드 뱀파이어가 숨소리를 내며 잠들어 있어 흠칫 놀랐다.

아아, 이제 뱀파이어가 아닌 건가?

"무사한 것 같군요, 안심했습니다. 그보다 어린아이의 모습이 아니네요."

"그 모습은 하이 엘프에게도 일종의 긴급 피난 같은 거였던 것 같으니까. 이렇게 원래 모습으로 돌아왔으니 괜찮을 거라고 엘프 장로님이 말씀하셨어."

"그런데 왜 잠든 거예요?"

"그건 용서해줘. 그대에게 꼭 인사를 하고 싶다고 방금까지 계속 깨어 있었으니까."

그건 미안하게 생각한다. 지금 깨우는 것도 좀 그렇고, 자게 놔둬야지.

"그러고 보니 장로님은요?"

"――그게, 정신적으로 큰 대미지를 입어서 지금도 잠들어 있어."

"네?!"

"그대가 화이트 헤어드 뱀파이어의 숨통을 끊었을 때 오리할콘의 검이 사라졌잖아. 그것 때문에. 뭐, 굳이 말하자면 오리할콘 로스 증후군이랄까."

"그건 뭐, 뭐랄까……."

"그 상태라면 아마 그대의 오리할콘 광맥으로 들이닥칠걸."

"그건 딱히 상관없는데요."

장로님의 말에 의하면 엘프에게는 오리할콘이 없어서는 안 되는 것 같고.

우리 광맥밖에 방법이 없다면 와도 되지 않을까.

내가 그렇게 말하자 유즈리하 씨가 눈을 끔뻑거렸다.

"정말 괜찮아? 그 상태라면 장로님만 오진 않을 것 같은데."

"네?"

"그대의 영지에 엘프 군단이 밀어닥칠지도 몰라."

"괜찮습니다."

"그래? 그대라는 녀석은 정말 거물이랄까 뭐랄까…… 뭐, 그대라면 괜찮겠지."

유즈리하 씨가 웬일인지 엄청 기막혀했다. 대체 왜?

*

일어나서 대충 몸을 체크하고 돌아왔지만 우뉴코는 여전히 잠들어 있었다.

"이제 우뉴코라고 하면 이상하겠지. 다른 호칭을 생각해 봐야겠어."

"네, 오빠. 그럼 『진짜 우뉴코』는 어때요?"

"아니, 아니, 난 『우뉴코 파트 2』를 추천해."

"……『우뉴코☆2호』가 좋아. 메이드로서."

모두 네이밍 센스가 심각한 수준이었다.

"전혀 참고가 되지 않는다는 건 이런 걸 말하는 거겠지!"
"우뉴코라고 이름 붙인 오빠가 그런 말을 할 처지는 아니라고 생각하는데요?"
"그건 그거, 이건 이거."
뭐, 그건 나중에 생각해보기로 하고.
"……응? 머리가 은색이 됐잖아?"
"오빠가 쓰러뜨린 후에 그렇게 됐어요. 화이트 헤어드 뱀파이어의 특징이겠죠."
"진짜다. 카나데랑 같은 머리색이야."
"……우뉴코. 모처럼 카나데랑 로리 캐릭터가 겹치는 건 피했다고 생각했는데 이번에는 은발 트윈테일이 겹칠 줄이야……!"
아니. 트윈테일은 카나데밖에 없잖아.
"맞다, 오빠. 눈동자 색깔도 변했어요."
"흐음. 어떤 색으로?"
"굉장히 아름다웠어요. 역시 그 붉은 눈은 뱀파이어의 색이었나 봐요."
그런 이야기를 나누던 그때.

——지금까지 잠들어 있던 아름다운 소녀가 스르륵 눈을 떴다.
그녀는 내 모습을 투명한 연둣빛 눈동자로 바라보며.
마치 수줍어하는 아가씨처럼 살짝 미소 지었다.

8

왕도로 돌아와 일단 토코 씨에게 인사를 드리러 갔더니 웬일인지 엄청 화가 나 있었다. 어째서?

"흐, 흐――응……? 스즈하 오빠도 참, 전설의 엘프의 마을을 발견했구나. 흐――응, 흐――음, 호――오?"

"아니, 우연이라는 게 무섭네요."

"그런데! 스즈하 오빠가 좌우에 엘프를 거느리고 있는 것처럼 보이는 건 혹시 나의 기분 탓이려나?! 게다가 내 기억이 정확하다면 거기에 있는 두 사람 중 한쪽은 화이트 헤어드 뱀파이어지?!"

"그게 말이죠, 여기에는 깊은 사정이 있는데."

내가 좌우에 있는 엘프――장로님과 우뉴코를 교대로 보면서 토코 씨에게 설명했다.

우뉴코가 원래 엘프 마을의 하이 엘프였던 것.

우뉴코와 화이트 헤어드 뱀파이어가 아주 먼 옛날에 싸운 결과, 그 두 존재가 융합되었던 것.

그 결과 화이트 헤어드 뱀파이어는 남았지만 매개체인 우뉴코도 남았기 때문에 이전과 비교해서 큰 폭으로 피해가 감소했던 것.

하지만 미스릴 광산에서의 싸움으로 인해 우뉴코가 유아 형태로 변했고 화이트 헤어드 뱀파이어를 억누르는 힘이 약해졌다는 것.

그리고 이번 엘프의 보석과 오리할콘의 검을 사용해서 우뉴코 안에 깃들어 있던 화이트 헤어드 뱀파이어를 완전히 퇴치했다는 것.

——그러한 설명을 끝내자 토코 씨가 심각한 얼굴로 고개를 끄덕였다.

"응. 털끝만큼도 모르겠어."

"네에에에?!"

"아니, 나도 스즈하 오빠가 저지른 일을 이해할 수 있을 거란 생각은 이미 버렸거든? 그래도 이번에는 너무 엄청나잖아——. 전설의 엘프와 세계를 구했으니까."

"……네?"

토코 씨도 참, 갑자기 무슨 소릴 하는 거야.

의아해하는 내 얼굴을 본 토코 씨가 『이거 참, 정말』이라고 탄식했다.

"일단 확인하겠는데 스즈하 오빠는 화이트 헤어드 뱀파이어와 지금까지 두 번 싸웠지? 어릴 때 조우했다는 이야기는 별개로 치고."

"네."

"그래서. 두 번 싸운 뒤에 우뉴코는 유아가 됐잖아. 그 시점에서 우뉴코에게는 충분한 마력이 남지 않았던 거야.

화이트 헤어드 뱀파이어를 억누를 수 있는."

"그런가요?"

무심코 엘프인 두 사람을 돌아봤는데 고개를 끄덕거리며 수긍했다.

자세한 설명을 들어봐야 어차피 이해 못 할 테니 깊이는 묻지 말자.

"그러니까 내버려 뒀으면 조만간 우뉴코의 통제는 사라지고 화이트 헤어드 뱀파이어가 부활해서 대륙 안의 모든 문명은 멸망했을 거야."

"뭐, 그렇게 됐겠지."

엘프 장로님이 웃어넘길 수 없게 맞장구를 쳤다. 진짜로?

"인간의 몸으로 용케 거기까지 파악했군, 소녀여."

"뭐, 이렇게 보여도 우리 나라에서 제일 유능한 마도사니까."

토코 씨가 더없이 자신 있는 태도를 취했다.

……응? 그럼 털끝만큼도 모르겠다고 말한 건 무슨 뜻이지?

"저보다 토코 씨가 훨씬 더 잘 알고 있잖아요."

"무슨 소리야?! 난 스즈하 오빠가 어떻게 풀 파워 충전 완료 상태인 화이트 헤어드 뱀파이어와 싸워서 이겼는지 도저히 이해가 안 되는데!!"

"그야 정말 노력했으니까요."

"노력해서 이길 수 있다면 군대는 필요 없겠지!"

그러자 내 뒤에서 대기하고 있던 스즈하가 끼어들었다.
“그야 뭐 오빠는 군대 없이도 전쟁에서 이겨왔으니까요.”
그리고 그 옆에 있는 유즈리하 씨도.
“뭐, 파트너인 나도 전혀 이해가 안 되는데 토코가 이해할 수 있겠어?”
“정마아아아아아알!!”
……토코 씨가 머리를 감싸는 건 나 때문은 아니겠지? 분명.

그 뒤 토코 씨는 당분간 머리를 감싸 쥐고 있었지만, 머지않아 정신을 차린 듯 머리를 몇 번인가 흔들었다.
“……뭐, 그건 됐어. 무슨 짓을 했든 스즈하 오빠가 또 이 대륙을 구했다는 건 틀림없으니까.”
“또?”
“작년 여름, 오거 킹 무리를 퇴치했을 때.”
“아아, 듣고 보니 그러네요.”
“1년 만에 2번째네. 아니면 2년 연속?”
대회 출장 횟수 같은 그 계산법은 대체 뭔가요?
“하지만 그건 그렇다 쳐도 엘프가 마을에서 나온 이유는 안 되잖아?!”
“아아, 말씀 안 드렸던가요?”
엘프 장로님——뿐만 아니라 마을에 있던 엘프 전원이 스즈하와 유즈리하 씨 바로 뒤를 따르고 있었다. 그 숫자는 대략 몇십 명.

이유는 간단했다. 원래 있던 엘프 마을에서 모두 이사하게 됐으니까.

“엘프가 본래 종족의 힘을 발휘하려면 아무래도 오리할콘이 필수인 모양이에요. 하지만 엘프의 마을에선 이미 몇백 년이나 오리할콘이 고갈된 상태였거든요.”

내가 갖고 간 오리할콘도 이미 사라졌다.

왜냐하면 오리할콘제 파사의 검을 만드는데 전부 써버린 데다 그 검도 화이트 헤어드 뱀파이어가 쓰러질 때 같이 녹아 없어졌기 때문이다.

분명 오리할콘의 힘이 그 악마를 소멸시킨 마지막 계기가 됐겠지.

그건 그렇다 치고, 전투 이후 계속 풀이 죽어 있던 엘프 장로님의 허전해 보이는 뒷모습에 난 말을 건넬 수밖에 없었다. 그 뒷모습이 너무 그늘져 보였는걸.

“그래서 『우리 영지의 오리할콘 광맥 근처에서 사시겠어요?』라고 물어봤죠.”

반응은 정말 극적이었다.

그것참 정말 큰 공이라도 세운 듯 의기양양한 기세로 달려든 것이다.

“……그랬더니 장로님이 『그대가 먼저 말한 거야! 살아도 된다고 했어!!』라고 엄청 달려들어서…….”

“당연하지. 우리에게는 사활이 걸린 문제였으니까.”

“그렇다고 전부 데리고 온 건 예상 밖이었습니다.”

“흥. 오리할콘이 있는 토지가 이 세계에 있는 이상 원래 마을엔 아무런 의미가 없어. 마을을 옮기는 걸 누구 하나 반대하지 않았지.”

“뭐, 거절할 이유도 없고 딱히 상관은 없지만요.”

그런 이야기를 나누자 토코 씨가 또 머리를 감싸 쥐었다. 뭐지?

“……있잖아, 스즈하 오빠.”

“네?”

“서민들은 별로 그렇지 않겠지만. 이 대륙 귀족 계급의 일부……아니, 반 이상에겐 엘프 신앙이라는 게 뿌리박혀 있거든?”

“네?”

“뭐, 솔직히 말해서 엘프는 미모나 마력에선 인간에게 상위 종족이나 마찬가지니까 살아있는 신으로 취급하는 녀석들이 많아. 역사적으로는 엘프 사냥 시대 이후에 반동으로 그런 조류가 일어났지만……그런 엘프가 인간의 특정 영지에서 살게 되면 대체 어떻게 될 것 같아?”

“글쎄요?”

“불공평하니까 우리 영지에도 엘프를 보내달라는 요구가 반드시 빗발칠 거야.”

아니, 그건 좀.

장로님을 보자 진절머리가 난다는 듯 말했다.

“우리는 오리할콘이 없는 땅으로는 안 가.”

“평범하게 생각하면 그렇겠지. 하지만 엘프가 그 땅에 존재한다는 건 명백하게 권력과 마력을 상징하니까 상대도 물러나지 않을 거야.”

“……전쟁의 불씨가 된다는 건가요?”

“보통은. 뭐, 스즈하 오빠에게 전쟁을 걸 바보가 이 대륙에 있을지는 불명확하지만.”

과연, 그때 드디어 깨달았다.

——그건 유즈리하 씨가 내 영지에 엘프가 밀어닥칠 거라고 예언했을 때.

내가 괜찮다고 했더니 웬일인지 쓴웃음을 지으며 그대라면 괜찮을 수도 있겠다는 말을 했었다.

그때는 뭘 걱정하는지 몰랐는데 그런 거였나?

“하지만 스즈하 오빠 성격상 말려도 안 듣겠지?”

“그야 뭐.”

난 원해서 변경백이 된 건 아니지만, 그래도 귀족이 됐으니 최소한의 의무는 다할 생각이었다.

“귀족의 일은 도움을 필요로 하는 영지민을 도와주는 거잖아요?”

내가 그렇게 말하자 눈앞의 토코 씨가.

옆에 있던 엘프 장로님과 우뉴코가.

뒤에 대기하고 있던 스즈하랑 유즈리하, 그리고 엘프 마을 사람들이.

다들 나답다고 말하며 웃었다.

에필로그

로엔그린 성 식당에 사체 잔해가 겹겹이 쌓이는 참상이 펼쳐지고 있었다.

수십 명이 한 번에 식사를 할 수 있는 긴 테이블.

그 한구석에서 마지막 불꽃이 바로 지금 사그라지려 하고 있었다.

"……하, 한 번이 아니라 두 번이나……오빠……!"

털썩.

스즈하의 머리가 테이블 위로 무너져 내렸다.

그 양손에는 바다참게 다리를 쥐고 있었다.

――그런 모습을 식당 구석에 설치된 밥상에서 바라보고 있는 인영이 둘.

"……얼마 전에도 똑같은 광경을 본 것 같은데……."

"틀린 그림 찾기 수준 정도로는 다르지만요. 얼마 전에는 한 손에 성게 군함말이를 들고 있었으니까요."

스즈하 오빠의 감상에 사소한 태클을 거는 아야노.

"아, 마실 차를 준비할게."

"제가 준비하겠습니다. 그보다 각하는 같이 안 드셔도 됩니까?"

지난번에는 토코 여왕의 접대가 있어 무리였지만 이번이라면 가능할 텐데.

그렇게 묻는 아야노에게 스즈하의 오빠가 떨떠름한 얼굴로 부정했다.

"그건 그렇지만 보낸 사람을 생각하면……좀."

"딱히 상관없잖습니까."

스즈하의 오빠 일행이 로엔그린 변경백령으로 돌아온 것과 거의 동시에 성으로 대량의 게를 보낸 건 다름 아닌 바로 성교국의 대주교였다.

동봉된 편지에는 인사의 선물을 보낸다고만 적혀 있었다.

구체적인 요구가 전혀 없는 게 반대로 무서웠다.

하지만 그런 고용주의 의견 따위 아야노는 일고조차 하지 않았다.

"신경 안 쓰셔도 됩니다, 그런 건. 아, 각하도 게 다리 드시겠어요?"

"하나 먹어볼까? ……아, 맛있어."

"아시겠습니까, 각하? 애초에 성교국은 대륙에 존재하는 종교의 총괄자로 대주교는 그곳의 보스입니다. 솔직히 말해 격식도 권력도 재력도 근처 대국의 왕보다도 훨씬 우위에 있죠. 뭐, 그 사람들에게 대항할 수 있는 상대는 대륙 전체를 찾아도 현시점에서는 토코 여왕님 정도일 겁니다."

"우와아. 토코 씨, 대단하네……!"

진심으로 감탄하는 스즈하 오빠를 아야노가 무심코 쌀쌀맞은 시선으로 바라보았다.

——토코 여왕이 거만한 얼굴을 할 수 있는 게 대체 어

디의 군사력 최강에 오리할콘 광맥을 소유하고 있지만 야심은 전혀 없는 무자각 치트 변경백 덕분일까요――?

아야노는 토코 여왕과 입장을 바꾸고 싶다고 내심 진심으로 소리 높여 우는 권력자가 과연 자신 이외에 몇 명이나 있을지 궁금해하면서 게 껍질을 벗겼다.

"그러니까 정말 대주교에게 이 정도는 인사일 겁니다. 짜증 나지만."

"게를 보내는 게……?"

"네에. 대량의 최고급 게를 보내서 권력과 재력을 과시하는 게 말이죠."

자신이 하는 말에 거짓은 하나도 없을 거라고 아야노는 생각했다.

다만 말하지 않은 게 하나.

그 대주교가 진심으로 인사를 건네고 싶어 하는 상대가 과연 얼마나 될까――?

아야노는 단언할 수 있었다.

그런 상대는 이 세상에서 단 한 명밖에 떠오르지 않았다.

*

게와 싸우던 모두가 쓰러졌기 때문에 둘이서 눕히기로

했다.

원래는 메이드인 카나데의 일이었지만 그 당사자는 테이블 밑에서 몰래 집어먹던 끝에 KO되고 말았다.

메이드복 차림 그대로 배를 드러내고 쓰러진 카나데를 보며 어쩔 수 없다고 스즈하의 오빠가 웃었다.

“이래서야 메이드 일은 못 하겠네. 뭐, 상대가 게니까 어쩔 수 없지만.”

“하지만 각하, 또 한 명의 메이드가 있지 않았습니까?”

“우리 메이드는 카나데 한 명인데?”

“메이드 견습생이었던 소녀가 있었는데.”

“아아.”

스즈하의 오빠는 게의 바다에 빠져 있는 우뉴코를 가리켰다.

“저기 엘프가 두 명 있지? 그중 한쪽이 성장한 모습의 우뉴코야.”

“……저기, 이해할 수 없는 말을 2개나 들었는데. 성장한 모습이라는 것도 크게 의문이지만 애초에 엘프라는 종족은 멸망한 거 아닙니까……?”

“아니, 그게 우뉴코는 원래 엘프였대. 그래서 숨겨진 엘프의 마을에 들렀는데 그곳의 장로님이 지금 우뉴코 옆에 있는 사람이야.”

“……못 들은 걸로 하겠습니다…….”

일단 현실도피를 선택한 아야노가 엘프를 애써 외면하

며 말했다. 그래 봐야 직무상 내일이라도 마주할 필요가 있다는 건 충분히 잘 알고 있지만.

그렇게 어떻게든 모두를 회수해서 재웠다.

주르륵 누운 스즈하와 유즈리하 일행을 보고 아야노는 생각했다.

——여기사 견습생과 공작 영애, 메이드와 전설의 엘프가 나란히 누워 있는 이 상황은 대체 얼마나 카오스인가.

그리고 모든 일의 원인이 된 단 한 명의 남자를 흘겨보며 말했다.

"——이런 상황을 눈앞에서 보니 각하께서 돌아오셨다는 게 실감이 되는군요——."

물론 그건 최대한의 빈정거림이었는데, 그 이야기를 들은 스즈하의 오빠가 눈을 깜빡깜빡 거렸다.

"아아, 그러고 보니 정신없이 바빠서 잊고 있었어."

"네?"

그는 이 이상 어떤 사건이 더 있는지 무의식적으로 방어자세를 취하는 아야노를 향해 말했다.

"인사가 아직이었지? ——다녀왔어, 아야노 씨."

그렇게 말하며 웃는 스즈하의 오빠에게 아야노는 허를 찔렸다는 듯이 굳어버렸고.

머지않아 쓴웃음을 지으며 우아하게 인사를 건넸다.

"각하, 잘 오셨습니다. 돌아오시기를 진심으로 기다리고 있었습니다——."

후기

——그래, 그건 2권 교정인지 후기인지를 끝낸 연말의 일이었습니다.

그날 밤, 편집 담당에게 한 통의 전화가 왔습니다.

"보이스 코믹을 만들어 웹사이트에 올릴 거니까 시나리오를 써 주세요."

"보……보이스 코믹……?? 그게 뭔가요?"

전 몰랐지만 만화 칸에 소리나 대사를 붙여서 영상으로 만든 것을 VC, 보이스 코믹이라고 한다는군요. 그걸 만들 거라고.

그리고 그때 내 머릿속으로 느낌이 딱 왔습니다.

(이, 이건 이른바 『성우 녹음 현장 방문 이벤트』발생 플래그……?!)

——저의 독단과 편견이겠지만 라이트노벨을 쓰면서 품은 꿈과 야망 톱 쓰리라면

1위 연봉 8천만 엔.

2위 편집부가 제공한 고급 초밥이나 고급 게를 마음껏 먹기.

3위 성우의 녹음 현장 방문.

입니다. 그렇다면 즉 한 가지 꿈을 현실로?

(서, 성우분들의 녹음 현장을 볼 수 있어……?!)

그렇다 해도 저도 어른이니 그런 태도를 겉으로는 드러내지 않았습니다. 그야 부끄러우니까.

그래서 어떻게든 시나리오를 작성하고 그걸 완벽하게 재미있는 만화로 완성시킨 시모츠키 선생님께 『프로는 정말 굉장해……!』라고 감동하고 있는 사이에 시간이 흘러 새해가 된 어느 날. 편집부에서 『영상이 완성됐습니다!』라는 전화가.

"……네? 그럼 성우분들의 녹음은……?"

"그건 이미 끝났습니다만?"

내가 모르는 사이에 녹음이 끝났던 것입니다. 으윽.

아니, 영상은 그림도 소리도 굉장히 좋았지만요――.

이번에도 여러분의 조력 덕분에 이 책을 간행할 수 있었습니다.

웹 페이지 판 독자 여러분, 세계 제일의 섹시하고 귀여운 일러스트를 그려주시는 나타샤 님. 편집담당 M카님, 교정 담당이나 영업 담당을 시작으로 이 작품에 관련된 모든 여러분.

그리고 무엇보다 이 책을 읽어주신 당신.

여러분께 진심으로 감사드립니다.

여동생이 여기사 학원에 입학했더니
어째선지 구국의 영웅이 되었습니다. 내가. 3

2024년 4월 15일 1판 1쇄 발행

저　　자 라만 오이돈
일러스트 나타샤
옮 긴 이 심희정
발 행 인 유재옥
담당편집 박치우
이　　사 조병권
출판본부장 박광운
편집 1팀 최서영
편집 2팀 정영길 박치우 정지원 조찬희
편집 3팀 오준영 권진영 이소의
디자인랩팀 김보라 박민솔
디지털사업팀 박상섭 김지연 윤희진
라이츠사업팀 김정미 맹미영 이윤서
영업마케팅팀 최원석 박수진 이다은
물 류 팀 허석용 백철기
경영지원팀 최정연
인쇄제작처 ㈜코리아피엔피
발 행 처 ㈜소미미디어
등　　록 제2015-000008호
주　　소 서울시 마포구 토정로222, 403호 (신수동, 한국출판콘텐츠센터)
판매 및 마케팅 (070) 8822-2301

ISBN 979-11-384-8245-5
ISBN 979-11-384-8027-7 (세트)